땅끝송호리
문학마을사람들이
시인이되었다

송동리 마을사람들

땅끝 사람들의 글 모음집

서문

바다로 나가야 할 시간

송종리 마을에는 770미터 방파제 포구가 있다. 이 포구를 건너다 보면 할머님 할아버지들이 햇빛이 말릴 때까지 저녁을 기다린다. 방파제는 어민들의 땀의 길이자, 마을 사람들의 위로를 품어 주는 해안 산책로다. 어르신들이 마을 회관을 빠져나가는 하루가 짧다. 전동차와 리어카 손수레에 몸을 의지하고 덜컹덜컹 숨을 죽인다. 지난여름에는 젖가슴 내놓고 세상모르고 주무시던 할머님이 소천하셨다. 해맑은 할머님 집을 지날 때면, 할머님 소리가 애잔하게 들린다. 마을 사람들 드시라고 돼지 한 마리에 둘러앉은 날, 할머님 가족들의 얼굴도 모른 채 슬픈 삶을 들었다.

"송종리 마을 사람들" 이 책은 마을 사람들의 우정과 화합의 시발점이 되었으면 하고 묶게 되었다. 여기에 토문재에서 창작에 몰입한 작가들의 이야기도 따스하다. 고맙다. 수년을 살아도 모를 저 언덕 인추산에 바람이 불고, 다시 잠잠해진 바다는 춤을 추다 숙면으로 잠이

든 모양이다. 넘어지고, 깨어지고, 부서져도 삶은 소중하다. 지나간 시절이 그립다.

바쁘신 가운데 글을 보내주신 윤재갑 국회의원, 명현관 해남군수, 김석순 해남군의회의장, 김성일, 박성재 전남도의원을 비롯해 토문재 입주 작가들과 송종리 마을 주민들에게 감사를 드린다.

아울러, 이 책이 세상 밖으로 나올 수 있도록 시간을 쪼개어, 마을 어르신들의 사투리 구술에 도움을 주신 권산, 하우 여행 작가와 "천년의시작"에도 무한한 감사를 드린다.

송종리 문학마을 사람들 모두가 음유 시인이 되기에 넉넉한 저녁노을이 더없이 아름답다. 오늘은 황토 고구마를 먹고 흙을 만져야 한다. 그리고 내일은 바다로 가야 한다.

인송문학촌 토문재仁松文學村 吐文齋 촌장 **박병두**

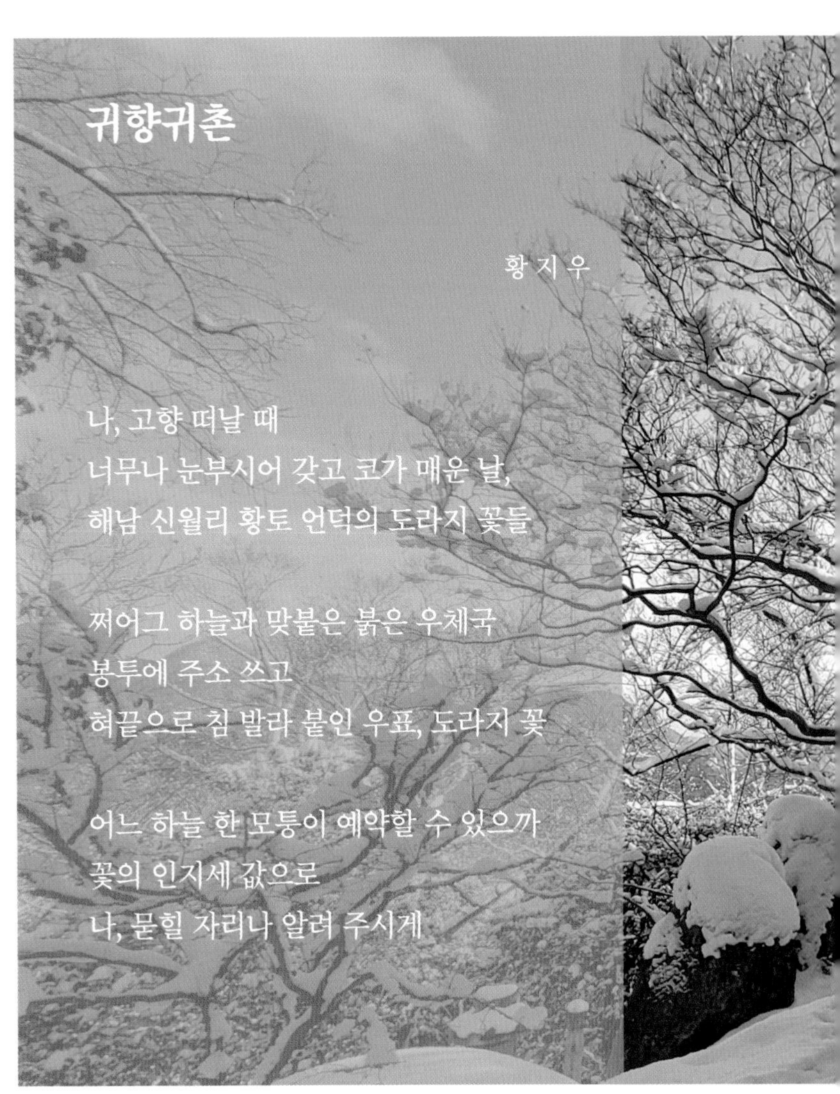

귀향귀촌

황 지 우

나, 고향 떠날 때
너무나 눈부시어 갖고 코가 매운 날,
해남 신월리 황토 언덕의 도라지 꽃들

쩌어그 하늘과 맞붙은 붉은 우체국
봉투에 주소 쓰고
혀끝으로 침 발라 붙인 우표, 도라지 꽃

어느 하늘 한 모퉁이 예약할 수 있으까
꽃의 인지세 값으로
나, 묻힐 자리나 알려 주시게

Profile

1980년 《중앙일보》로 등단. 시집 『어느날 나는 흐린 주점에 앉아 있을 거다』 등 다수가 있다. 소월시문학상, 김수영문학상, 대산문학상 등을 수상했다. 인송문학촌 토문재 운영위원장으로 고향에 귀향했다.

Contents

서문
006 바다로 나가야 할 시간 ― 박병두
008 귀향귀촌 ― 황지우

Chapter 1
초대글 # 땅끝마을 사람들

018 한 해를 보내는 첫눈을 만나면서 ― 명현관
022 끝이 아닌 시작이 되는 대한민국 최남단 내 고향 해남 ― 윤재갑
027 내 삶의 시작과 끝, 아름다운 해남에서 ― 김석순
032 땅끝해남의 찬란한 전통을 이어갈 문학마을 탄생을 기대하며…… ― 서해근
038 농사짓는 도의원, 해남에 살어리랏다 ― 김성일
043 나의 마을 나의 해남 ― 박성재
048 해남을 찾은 사람들. 그 아름다움이 해남을 살찌운다 ― 박상정
052 구름 타는 법을 배우고 사는, 송종리 문학마을 ― 최정수

Chapter 2
poem # 송종리 마을 사람들

058 잘 보소 ― 강순임
059 그랑께 ― 강우례
060 아따 좋아부러 ― 권순심
061 행복한 웃음 ― 김길주
062 뚝심 ― 김미경
063 아따, 오늘은 손님 온가 보네 ― 김성수

064 우리 색시 ─ 김성열
065 송종리 바다에서 ─ 김송남
066 나의 뒷모습 ─ 김순진
067 가족 사랑 ─ 김영식
068 가족 ─ 김영채
069 아, 옛날이여 ─ 김옥심
070 미닫이문 열고 봉께 ─ 김장호
071 볼 만허요 ─ 김재철
072 이것이 최고라니께 ─ 김정순
073 황토 빛, 모과 냄새 ─ 김종기
074 모정의 세월 ─ 노금만
075 서럽고 고마운 미소 ─ 노금만
076 새색시 마음 ─ 박공심
077 만년 소녀 ─ 박금순
078 산정 장날 외출 ─ 박남례
079 자족 ─ 박동문
080 그나저나 ─ 박동문
081 스승과 제자 ─ 박병두
082 착한 사람을 보면 눈물이 난다 ─ 박용재
083 뭣 땀시 그냐 ─ 박인자
084 여그 꺽정은 하덜말고 ─ 박일엽
085 날마당은 못 하고 참참히 해라우 ─ 박정금
086 아름다운 초상화 ─ 박종안
087 문패를 단 뜻은 ─ 정현석
088 마음의 표시 ─ 성은수
089 왜 웃느냐고 ─ 심귀례
090 먼 곳 ─ 용석근
091 욕허지 마씨오. ─ 용성덕
092 기다림 ─ 용순애
093 홍도야 우지 마라 ─ 용 식
094 바다는 보석 ─ 용식

095 너털웃음 — 용정오
096 나가 고백하건대 — 용정윤
097 마음 — 용준호
098 아름다운 사람이란 — 이광미
099 내 엄지발가락 — 이귀례
100 웃으면 — 이순옥
101 바다의 사랑 — 이승배
102 풍산개가 지키는 것 — 인송
103 나의 가족 — 인송
104 나의 매력 뽀인트 — 전원찬
105 뭐 보고 있는 것 같소 — 전정재
106 가족이란 이름 — 정광문
107 사랑하는 회전문 — 지광훈
108 그리움 — 채안남
109 이것이 기적이 아녀 — 최건혁
110 토문재 앞바다에서 — 최건혁
111 고맙긴 허네마는 — 최금덕
112 이래 봬도 — 최동수
113 에이, 잡것덜 — 최명림
114 가부좌를 틀다 — 최은호
115 제2의 청춘 — 최정수
116 나누고 싶은 마음 — 표숙희
117 숨긴 미소 — 하우
118 달걀 한 판의 침묵 — 허남례
119 아이고, 자네 왔구만이라 — 허용
120 어른들은 몰라요 — 황연후

Chapter 3
poem # 인송문학촌의 시인들

124 저녁 이미지 — 권달웅
125 잃어버린 골목길 — 김구슬
127 땅끝마을 일지 — 김금용
129 섬 — 김미진
130 물북 — 김선태
132 박영근 생각 — 김왕노
134 과꽃 — 김운기
136 상승을 위하여 — 김지헌
138 마리오네트 — 김현장
139 흰 달 — 박미란
141 새벽 토문재 — 박병곤
142 아르페지오 — 박은정
145 끝은 끝이라 말하지 않는 — 서하
146 책비 — 석미화
148 산책하는 여자 — 송방순
150 토문재의 풍경 소리 — 송소영
152 토문재에서 — 신현수
154 송정리 마을 — 안정윤
156 당신은 저녁이 몇 개 있나요 — 양소은
158 해남 가는 길 — 염창권
159 해남 땅끝마을에서 — 이건청
161 섬 — 이근영
163 제발 끝내라, 전쟁을 — 이만주
166 달의 속도 — 이서화
168 폭설 — 이윤훈
170 바다는 동요하지 않는다 — 이재무
171 대문을 여니 바람이 휘몰아친다 — 이정모
172 풍경 — 이정화

174 시인의 엄마 — 이종암
175 그 섬의 동백 — 이채민
178 나는 공이 되어가고 있다 — 이향
179 세상의 모든 매화 — 이현수
182 졸업생 — 임원묵
184 도솔암 — 장이엽
186 토문재의 앞바다 — 장인무
188 길의 끝 — 정덕재
189 산딸기는 떨어져도 그만 — 조명희
191 금쇄동을 기억함 — 조용미
193 맴섬횟집에서 — 조창환
194 연꽃 — 한영숙
195 봄을 캐다 — 한영옥
197 인송문학촌 토문재 가는 길 — 홍보영
200 색 — 홍일표

Chapter 4
Essay # 인송문학촌 토문재의 입주 작가들

204 토문재에서 보내는 편지 — 김대갑
210 땅끝 천년 숲길 걷다 — 김민재
215 일기 쓰는 80대 어머니 — 김이정
219 사유思惟를 만나다 — 김철우
224 사랑하고 싶은 여인 — 박병두
231 토문재吐文齋 일기 — 이다빈
236 봄 순례자 — 이상권
242 끈끈이에 대하여 — 이후경
246 먹물의 답사答辭 — 정택진
249 해남은 이래야 한다 — 조용연
257 인송문학촌에는 다시 떠날 길이 열려 있다 — 채길순
264 아직도 가장 좋은 때 — 최정희

1

Chapter

#

초대글

땅끝마을 사람들

한 해를 보내는 첫눈을 만나면서

명현관 해남군수

해남의 아름다운 곳에 대한 청탁 원고를 받고, 많은 생각들이 주마등처럼 머릿속을 스쳐 갔다. 매일 같이 24시간 군정의 산적한 현안 업무로 바쁜 일정이다 보니 나의 시간을 갖고 숨과 쉼의 여유를 찾는데 많이 인색할 수밖에 없는 터라 가족들에게 늘 미안한 심사로 자신을 돌아보게 된다.

오늘처럼 첫눈이 내린 아침에는 낭만적인 시절과 기억을 꺼내어 생각하기보다 빙판길에 군민들의 안전사고가 일어나지 않을까 하는 걱정으로 하루를 시작하게 된다.

늘 재난 상황을 대비하는 날들이다. 첫눈은 반갑지만 눈 쌓인 도로는 위험 상황을 만든다. 재설과 미끄러움으로 인한 각종 사고가 일어나지 않도록, '미연에 방지를 어떻게 신속하게 조치할 것인가!' 하는 고민을 하게 된다. 습관적인 공직의 책임 의식으로 변함없이 군정의 하루가 시작되었다.

어떤 이야기를 쓸까 생각하다 가족들과 같이 우리 고장의 자랑인 포레스트 수목원을 방문했던 날이 떠올랐다. 현산면에 위치한 포레스트 수목원은 참으로 아름답다. 홈페이지에 들어가 보니 「포레스트 수목원은 숲이라는 뜻의 영어 단어 forest에 별(Star), 기암괴석(Stone), 이야기(Story), 배울 거리(Study)라는 4개의 St를 즐길 수 있는 수목원이라는 의미를 담아 조성되었다고 설명하고 있었다.

'계절별 축제로 봄꽃을 부제로 한 분홍꽃 축제에 이어, 여름 꽃인 수국 축제, 가을 팜파스그라스, 겨울에는 산자락 그늘을 활용해 거대한 얼음벽을 선보인다'라고 섬세하게 설명되어 있었다.

내 고장 해남의 수목원은 김건영 원장의 삶의 철학과 정신이 담겨 있다. 한 발 두 발, 발전하고 있는 모습을 보면서 오래된 장인에게 나타나는 인동초와 같은 끈기와 철학을 엿보았다. 군정을 이끄는 일 또한 이와 다르지 않아서 자연과 사람을 통한 공부를 수목원에서 많이 하고 왔었다.

2019년 9월경이었던가 수국이 만개한 그 아름다운 계절에 아내와 아들 내외, 손자와 함께 포레스트 수목원을 찾은 적이 있었다. 고생 끝에 낙이라고 김원장의 노고가 빛을 일으키기 시작하며 포레스트 수목원이 전국에 알려지기 시작한 때에 가족들과 찾은 것이다.

손자와 예쁜 사진도 남기고, 산책길을 걸으면서 오랜만에 아들과 긴 대화도 가졌던 행복한 시간이었다.

예쁘게 핀 수국과 정갈하게 가꾼 산책길, 멋진 배경의 사진을 찍을 수 있는 포토존 등 곳곳에 보이는 김원장의 열정과 자연 사랑에 박수를 보내고 싶었다. 우리 해남은 전국 시 군에서 최고의 면적을 자랑하며 자원과 자산이 많은 곳이다. 수목원은 드넓은 대지와 산속의 험난한 바위들이 산수화처럼 진풍경을 이룬다. 김원장의 넘쳐 나는 열정이 활력이 된다면 우리 해남에 좋은 자산이 되겠다는 생각이 들었다.

첫눈이 내린 해남의 설경은 맑고 순수했다. 담백한 해남 사람들의 따스한 온기가 면민들마다 훈훈한 정으로 여기저기서 말을 건네는 사이, 직원들로부터 행정 업무를 보고 받는다. 사계절 어느 한순간도 여유 없이 바쁘게 군정을 살피는 날에, 오늘 아침은 눈을 보면서 가족과 수목원의 추억을 꺼내는 것처럼 늘 내 고장 해남의 산과 바다를 보면서 자연스럽게 많은 것을 배운다. 사람들이 산을 오르거나 길을 걷다가 넘어지는 것은, 큰 산에 걸려서 넘어지는 것이 아니라 작은 뿌리에 걸려서이다. 내가 맡고 있는 군정의 이 길에서도 마찬가지일 것이다. 청렴 행정을 위해 무수히 고민하고, 진솔하게 군민들의 의견을 경청해도 늘 부족하고 한계가 따른다. 군정에 어느 것 하나 소홀할 수 없고 만만한 일은 더더욱 없다. 공직자들의 많은 고민과 열정이 있어야 우리 군을 더욱 발전시킬 수 있을 것이다. 자연 앞에서 겸손과 지혜를 터득하는 일이 익숙하진 않지만, 고난의 길을 걸어가며 땀을 흘려 수목원을 성장시키는 주인장의 열정에 박수를 보낸다. 해남의 핫플 장소인 도서관이 사람의 발자국 소리로 지혜를 만들 듯 포레스트 수목원도 점차 커져 가는 사람들의 발자국 소리로, 자연과 예술이 살아 숨 쉬며 문화와 휴식으로 힐링되는 공간으로 자리매김하기를 바란다. 아울러, 유라시아 대륙의 땅끝 송지면 송종리 문학마을에도 문화의 꽃을 피우기 위해 최정수 이장과 마을 사람들이 인송문학촌 토문재 촌장과 함께 지혜를 모으고 있다고 전해 들었다. 보이지 않는 곳에서 군민들이 솔선수범하여 지역 발전에 헌신하고 있어, 우리 해남군의 문화 지수가 높아지는 날이 멀지 않았음을 기대하며 이 글을 마친다.

해남 화산 출생, 호남대 졸업, 전남도의회의장, 44대 해남군수, 현 45대 해남군수.

끝이 아닌 시작이 되는 대한민국 최남단 내 고향 해남

윤재갑 국회의원

내 고향 해남은 수려한 산과 호수, 기름진 땅과 청정한 바다, 크고 작은 섬들이 어우러진 아름다운 고장이다. 특히 두륜산 영봉 아래 광막히 펼쳐져 있는 평야와 삼면이 바다를 접하여 산자수려하며 농수산 자원이 풍부하고 선대의 찬란한 문화유산과 명승고적을 보유하고 있는 유서 깊은 곳이다. 그중에 내가 정말 좋아하는 장소 몇몇을 소개하고자 한다.

대한민국에서 최남단에 위치하여 토말土末, 즉 땅끝마을이라고 불리는 이곳은 '땅의 끝'에 있다는 것만으로도 찾아가고 싶은 곳이다. 이곳의 방문은 그 자체에 어떤 의미를 부여하고 싶은 마음이 들게 한다. 수많은 사람이 12월 31일, 해넘이를 보러 땅끝마을을 찾고 새롭게 한 해를 시작하는 시간을 갖는다. 땅끝마을 전체를 한눈에 보고 싶다면 땅끝 전망대가 제격이다. 모노 레일을 이용하여 오를 수 있다. 전망대에 오르면 다도해에 펼쳐져 있는 수많은 섬을 볼 수 있는데, 날씨가 좋은 날에 오르면 더 멋진 장관을 볼 수 있다. 땅끝 전망대에서 조금 걸어가면 뾰족한 삼각형의 땅끝 탑이 있는데 '삼천리 한반도 시작점'이라 쓰여 있다. 한반도의 끝임과 동시에 시작점인 것이다. 땅끝 해안로는 북평면 남창리에서 현산면 초호리까지 이어지는 국도로 아름다운 드라이브 코스다. 멋진 바다의 장면을 끼고 사구미 해변, 땅끝 해양자연사박물관, 땅끝 송호해변, 중리 신비의 바닷길, 대죽리 조개 잡이 체험장으로 이어진다. 대죽리 조개 잡이 체험장에서 조개 잡이를 하기도 하고, 섬을 걸어서 건너는 신비함도 느껴 볼 수 있다. 죽도 뒤로 지는 노을을 보면서 지난 한 해를 마무리하고 새로운 한 해를 구상하는 것도 좋다. 땅끝마을은 끝과 시작을 함께할 수 있는 최적의 장소이다.

절에 가면 나 스스로가 경건해지는 것만 같다. 유네스코 세계 유산으로 지정되어 있는 대흥사는 내가 바쁜 일상으로부터 잠시 피해 있고 싶을 때, 마음가짐을 가다듬고 싶을 때 찾게 되는 곳이다. 대흥사 가는 길엔 9개의 계곡과 9개의 다리를 지나야 하는데, 불교 세계관의 중심이 되는 수미산을 바탕으로 건축되었다고 한다. 또

한 서산 대사의 의발을 포함하여 스님들의 사리가 모셔진 부도 56기와 탑비 17기가 있는 부도전이 있는데, 그만큼 공덕을 많이 쌓고 선한 영향력을 펼치다 돌아가신 스님이 많다는 자부심이 느껴진다. 계곡에 놓인 다리를 건너 절로 향하는 길 오른쪽엔 '물소리 길'이 있고 왼쪽엔 '동백숲 길'이 있다. 어느 쪽을 가든 숲 그늘을 따라 나무 냄새를 맡으며 걸으면 마음이 치유되는 기분이 든다. 대흥사에는 다양한 불상이 있는데 그중에서도 대웅보전 석가모니불 미소는 가장 한국적인 미소로 손꼽힌다. 바라보는 것만으로도 편안한 마음이 든다. 대흥사에는 임진왜란 때 왕의 특명으로 승병을 모집하여 전공을 세운 서산 대사 유품인 금란가사와 발우 등이 표충사에 모셔져 있다. 이곳에는 서산 대사의 수제자였던 사명 대사와 처영 스님도 모셔져 있는데 나라를 위해 충직함을 지켰던 분들의 마음이 전해져 절로 고개가 숙여진다.

'필사즉생 필생즉사必死則生 必生則死' 정유재란 때 명량해협에서 13척의 배로 일본군 133척 이상의 배와 맞붙은 역사적이고도 전설적인 해전을 대한민국 국민이라면 누구나 알고 있을 것이다. 한 손에 지도를 들고 고뇌하는 이순신 장군 동상의 뒷모습을 보면 그가 얼마나 많은 고민을 했을까, 나라면 어떤 선택을 했을까라는 고민에 빠지게 된다. 우수영 관광 단지 내에 있는 해전사 전시관에는 명량 해전 당시 사용된 우리나라 판옥선과 일본군 세키부네의 모형을 실제 크기로 제작 · 전시해

둔 곳이 있는데 여기에서 배의 형태와 무기에 대한 설명은 물론, 우리나라와 일본의 전략 · 전술을 비교, 분석해 이순신 장군이 어떻게 명량 해전을 승리로 이끌었는지를 한눈에 볼 수 있다.

녹우당은 해남 윤씨 가문의 고택 사랑채이자 600여 년 이상 이어 온 대표적인 종가를 칭한다. 녹우당 앞에 있는 보호수인 은행나무를 보면 그 오랜 세월을 한껏 느낄 수 있다. 녹우당은 어초은 윤효정이 해남 정씨와 혼인을 하며 재산이 늘어나 그 세가 부흥하게 되었다. 그 후 4대손이자 산중신곡, 오우가, 어부사시사 등으로 널리 알려진 윤선도가 효종에게 하사받은 수원의 집을 현재의 위치로 옮겨오면서 현재의 'ㅁ'자 형태의 건축물이 완성되었다. 또한 녹우당은 다산 정약용의 외가이기도 해서 강진에 유배되었을 당시 다산이 여덟 수레의 장서를 빌려 갔다고도 한다. 당대 최고의 석학이자 문신이자 음악가이자 작가로 활동하며 예술가적 면모가 뛰어났던 고산 윤선도와 그의 증손이자 지식인으로서 미술과 다양한 분야에 관심을 두고 인정받아 벼슬길에 나서지 않았음에도 많은 이들로부터 존경을 받았던 공재 윤두서, 그 후에도 남도 문화 예술에 수많은 영향을 미친 해남 윤씨 가문의 뿌리가 이곳에 자리 잡고 있다. 은행나무 옆으로 난 길로 들어가면 비자나무 숲을 산책할 수 있다. 고산 윤선도가 어떤 마음으로 지냈을지 상상해 보며 숲길을 걸으면 마음까지 고요해진다.

해남 화산 출생. 해군사관학교 졸업. 전 해군 군수사령관. 전 목포해양대학교 초빙 교수. 현 제21대 국회의원(해남, 진도, 완도).

내 삶의 시작과 끝, 아름다운 해남에서

김석순 해남군의장

해남군의회로 향하며 차창 너머로 보이는 아름답고 여유로운 농촌의 겨울 풍경은 가끔, 아련한 추억과 생각에 잠기게 만든다. '군민들도 고된 농사일에서 잠시나마 손을 놓고 아랫목에 둘러앉아 이웃들과 정다운 담소를 나눌 수 있는 여유를 갖고 있겠지'라는 생각 때문일까? 봄부터 늦은 가을까지 쉴 새 없는 농촌의 일 년은 숨 가쁘게 흘러가지만 그렇게 쉼 없이 노력했기에 추운 겨울은 자연이 자연스럽게 주는 당연한 보상이 아닌가 싶다.

유라시아 대륙 땅끝에서 유년 시절을 지내다가 부모님의 적극적인 지원과 응원을 받으며 만학의 푸른 꿈을 안고, 머나먼 광주에 있는 고등학교에 진학했다. 성인이 되어 고향 송지면의 소박한 여인과 결혼하여 자녀를 키우며 살았다. 성장한 자식들이 결혼하고 손자 손녀가 태어나 또 그 아이들이 성장하는 과정을 지켜보며 많은 시간을 내 고향 해남에서 보냈다. 해남군의회 의원 3선 의정 활동으로 온갖 열정을 쏟아부은 해남이기에 나는 그 누구보다 고향의 돌 하나, 풀 한 포기마저도 소중하게 여기지 않을 수 없다. 나의 처음과 끝이 이곳 해남이기에 예전과는 다른 해남의 모습을 볼 때마다, '어떻게 하면 좀 더 풍요롭고 살기 좋은 고장으로 변화시켜 청년들과 자연을 예찬하는 많은 사람들이 아름다운 남도 길로 발걸음을 재촉하게 할 수 있을까? 어떻게 하면 군민들의 문화 복지를 위해 다양한 일을 할 수 있을까?' 하고 고민하지 않을 수 없다.

나는 한 달에 한두 번 상념에 잠기거나 의정에 대한 고민이 생길 때면 꼭 미황사를 찾는다. 마음이 허허롭거나 과중한 의정으로 마음의 부담이 될 때면 혼자서 훌쩍 떠나갈 때도 있지만, 때로는 가족이나 주변의 지인들과 동행하기도 한다. 미황사를 빼놓고는 해남을 말할 수 없을 것이다. 미황사라는 절 이름은 설화에서 유래한다고 들었다. 아름다울 미美 자는 소의 울음소리가 아름답다는 것을 뜻하고, 누를 황黃 자는 금인金人의 색을 뜻한다고 알려져 있다.

미황사는 사찰의 역사가 깊고 가치가 있지만 20년 전

에는 황폐한 절터였다. 동백나무와 잡목이 무성한 곳에 대웅보전만 덩그러니 놓여 있었다. 그러나 미황사는 정유재란 때 불타기 전에는 열두 암자를 거느린 큰 절이었다. 도반들은 숲속으로 난 길을 걸어 암자에서 암자로 다니며 수행을 했다고 한다. 그림같이 아름다운 절, 미황사 중턱에 자리한 도량은 온통 동백 숲속에 묻혀 있고 후면으로는 달마산의 신비스러운 바위 병풍이, 전면으로는 고즈넉하게 트인 들판과 바다 건너 진도가 한 폭의 풍경화로 사람들의 시선을 머물게 한다. 겨울 남도에서는 쉽게 보기 어렵다는 설경을 달마산의 기암절벽을 배경으로 눈을 고정한 채로 깊은 사색에 잠길 수 있다.

미황사에 가면 도솔암은 꼭 놓치지 않아야 한다. 미황사에서 도솔암 가는 길은 사색의 길이다. 도솔암은 가파르고 높은 벼랑 틈에 절이 지어져 있다. 높이 솟아오른 바위틈에 세워 위태로워 보이는 암자는 마치 하늘 끝에 붙어 있는 다락방 같은 느낌인데, 내 어린 시절 숨어 놀며 장난도 치고 인생의 꿈과 희망을 그려 보았던 회상의 공간으로 자리 잡고 있다. 이렇듯 미황사는 나의 기억이고 새로운 힘을 주는 특별한 자원이기도 한 셈이다.

지난해 해남군은 예산 1조 원 시대를 맞았다. 또한 해남은 농민수당과 연계한 해남사랑상품권 안정적 정착, 해남 미남 축제의 지속적 성공, 해남 푸드 플랜 사업과

수산 식품 산업 거점 단지 조성, 기후 변화 대응 농업 연구 단지 유치 등을 통해 지역 경제 활성화와 농어민의 안정적 소득 기반을 마련하는 등 많은 성과를 거뒀다. 이러한 결과에 환호와 박수를 보내면서도 개인적으로 해남의 모습 속에서 가장 안타까운 것은 급격한 고령화와 인구 감소이다. 한때 10만을 바라보던 때에서 이제 해남군은 현재 7만 인구가 되지 못하는 상황이다.

해남의 이곳저곳 즐비한 빈집들은 을씨년스러운 모습으로 오늘의 시골 풍경을 대변하고 있다. 아기 울음소리가 끊기고 청년들이 도시로 떠나고 노인만 남은 마을은 소멸 위기를 현실로 마주하고 있다. 이처럼 고령화와 인구 유출로 지방이 사라질 위기에 놓이면서 전라남도의 농어촌 인구는 지속적으로 감소가 되어 우리 해남군을 포함한 16개의 지자체가 지방 소멸 위기 지역에 포함되어 발표되었다. 지역 사회에 활기를 불어넣고 지속 가능한 성장을 이끌어 낼 수 있도록 나는 농어촌 기본 소득제가 국가 정책으로 도입될 수 있게 최선의 노력을 하고자 한다. 시간의 속도와 정보화 속도에 마음이 급해진다. 내게 주어진 4년은 농어촌 인구 문제 해결을 위한 다양한 군민들의 소리에 귀를 열고, 의견을 토대로 숙고와 숙의를 하는 동시에 공공의 이익과 군민들의 삶과 가치를 두고 내 고향 해남의 행복한 문화 지수를 끌어올리고 지역 발전을 위해 공부하는 의정을 게을리하지 않으려 노력하고 있다.

전남 해남 송지면 출생. 제6대, 8대 군의원을 지냈으며, 현재 해남군 의장으로 재직하고 있다.

땅끝 해남의 찬란한 전통을 이어갈 문학마을 탄생을 기대하며……

서해근 해남군 의회 부의장

토문재 촌장님의 새해 인사와 함께 원고 청탁을 받았다, 주어진 시간은 하루인데 과연 내 글솜씨로 이 시간 안에 써 낼 수 있을지 갑자기 무게 추가 어깨를 짓누른다

어떤 글을 써야 하나 망설이다 잠시 되돌아보는 시간을 갖기로 했다. 지난 시간을 생각해 보니 43년째 접어들고 있는 공직 시절(공무원 34년, 군의원 9년째)로 자연스럽게 접근한다

1978년 대학 졸업 시절 4급 을류(현7급) 공개 채용 시험에 합격해 해남군에서 처음 공직을 시작했다. 처음 근무한 새마을과는 박정희 대통령 시절 국정 주요 과제인 새마을 운동을 추진하는 부서로 최고의 격무 부서였다. 편하게만 보였던 공직이 그때 느낌으론 군대 생활보다도 더 어려움이 많았던 것 같다.

여러 부서를 거치면서 좋은 선배님들의 가르침을 받았고 그 덕에 어떤 일이든 감당할 수 있다는 자부심을 갖을 정도로 역량을 배양하게 되었다.

공직 생활 중 가장 관심을 가지게 된 업무는 문화 예술과 체육 부분이었는데 경제 성장에 주력한 당시는 다소 소외된 분야이기도 했다. 88올림픽을 계기로 우리의 문화와 체육은 세계화가 되었고 지방에서도 지역의 특성을 살린 문화 행사에 관심을 갖기 시작했다.

그러다 보니 일찍이 이 분야에 관심을 갖은 나는 자연스럽게 추진에 참여하게 되었고 축제와 체육 행사의 사회도 맡게 되었다. 특히 전남 도민체전과 해남 군민의 날 등의 대형 행사 진행은 크게 자부심으로 남는다.

1990년대 지방자치가 부활하면서 관선 군수가 민선 군수로 제도가 바뀌었다. 군정 아이디어 공모에 내가 군수라면 군민 광장을 조성해 보고 싶다고 제안을 했다

군정 주요 계획을 반영하게 된 것이 계기가 되어 이 사업 추진을 총괄하는 팀장으로 발령을 받았다. 군청 앞에 있는 교육청과 경찰서가 신청사를 지어 외곽으로 이전을 하고 기존의 건물은 철거하여 군민을 위한 공원으로 만들자는 계획이었다. 당시 공직자들이 내 고장 담배판매를 통해 조성한 70여억 원의 기금은 이러한 일을 할 수 있는 재정적 기반이 되었다.

공청회, 여론 조사 등 다양한 절차와 과정을 거쳐 우여곡절 끝에 지상에는 군민 광장을 조성하고 문화예술

회관과 도서관을 건립하며 지하에는 주차장을 만들자는 의견이 모아졌다.

시민 단체의 반대 의견도 있었고 군청 앞 오동나무 이식은 많은 논쟁도 있었지만 백년대계를 위한 시설로 심사숙고한 일련의 성숙된 과정이었음은 부인할 수 없는 사항이다.

한 장소에 다목적 복합 시설로 건립한 계획은 운영 관리면과 접근성 등에서 우수하게 평가되어 아름다운 건축물 대상을 받았고 공무원 수기 공모전에서도 우수상을 수상하였다.

각종 공연의 유치와 전시 활동, 도서관으로 자리 잡은 문화예술회관은 문예 활동의 본거지가 되어 20여 년의 세월이 흘러 이제는 지역 문화 예술의 터전으로 정착되었다

해남의 문화 수준과 품격을 한층 더 높이는 계기가 된 것이다. 아울러 해남은 역사 문화의 보고이다.

서산 대사의 유품이 간직된 대흥사, 당대 최고의 시인 묵객들의 유산이 고스란이 간직된 고산전시관과 고택. 임진왜란 3대첩 중의 하나인 명량대첩지, 억만 년 전의 신비를 간직한 공룡 화석지 등 전 지역에 자원들이 즐비하다. 이러한 자원을 중심으로 명량대첩 축제와 공룡대체험전, 서산 대제 등의 문화 행사가 시작되었다.

100여 점의 유형의 자원과 함께 무형의 자원들도 잘 보존되어 전래되고 있다.

우수영 강강술래, 부녀 농요, 들 소리를 비롯하여 진양주, 옥 공예 등이 무형 문화재로 지정되어 보전되고 있다. 지난해에는 한국 민속 예술 축제에서 우수영 들 소리가 강강술래에 이어 50여 년 만에 대통령상을 수상하였다. 역시 해남은 끼와 맥락이 넘친 고장이나 보다.

흙 속에 묻힌 진주처럼 아직도 발굴되지 않은 많은 자원들이 요소요소에서 전래되고 있음은 앞으로 우리가 고증하고 정리해야 할 과제들이다.

금남 최부 선생님께서는 해남에 머무르며 귤정, 고산, 미암 등 당대를 풍미한 걸출한 인물들이 나오게 하는 단초를 열었다. 그분들이 이룬 찬란한 문학 유산은 지금까지도 전해져 이어오고 있다.

나는 공직에서도 그랬지만 군의원이 되어서도 관심을 떨칠 수가 없는 일이 있다.

향토사를 정리하고 해남만의 문학 벨트를 구축하는 일을 꼭 하고 싶은 것이 희망 사항이다.

고산 유적지에서 시작하여 ~ 삼산 송정마을 고정희 생가 ~ 봉학마을 김남주문학관 ~ 현산 백포만의 공제 생가와 이동주 시인 ~ 금쇄동을 거쳐 ~ 대흥사로 잇는 문학 코스는 지명만 들어도 관련된 작가와 그 흔적들이 연상되는 곳이다.

메밀꽃 필 무렵하면 이효석과 강원도 평창이 연상이 되고 모란을 얘기하면 강진 영랑 생가가 떠오른다.

해남 강강술래는 우수영과 이동주 시인이, 5. 18하면

민족 시인 김남주를 생각하게 한다.

이런 역사성과 시상이 가득한 해남에 귀향하여 문화예술 정착촌을 만들어 가는 장인들이 하나, 둘 늘어나고 있다. 때를 같이 하여 어르신들이 때늦은 열공으로 편지를 쓰고 그동안 가슴에 담긴 한을 글로 표현하여 전시를 했다. 화산과 화원면에서는 70여 세의 노인들이 수채화, 민화 등의 동아리반을 만들어 늦깎이 재능을 발휘한 작품 활동은 감동이다.

해남고 미술부 동문들의 풋나락전과 해남 중진 작가들의 회원전, 해남의 산천과 길을 소재로 한 개인전, 나눔의 행토 기부전, 지역을 소재로 한 문인들의 시화전 등은 고향 사랑과 해남만의 소재의 풍부함을 엿볼 수 있다.

이런 시기에 인송 박병두 선생께서 땅끝 송종마을로 귀향하여 사재를 털어 문학촌을 만들고 인문주의를 되살리고자 하는 기부의 삶을 외로이 실천하고 있어 고향 사랑의 큰 본이 되고 있다.

백두대간의 끝자락으로 땅끝 가는 길에 위치한 이 마을에 지역 문화 활력 촉진 사업으로 벽화를 그리고 마을 주민 누구나 시인이 되는 인송의 노력이 그 결실을 내고 있는 것이다.

초청해도 오기 어려운 유명 작가들의 발길도 잦다. 역시 해남은 시인 묵객들이 그리워하는 곳인가 보다

그래서 옛날부터 다녀간 그분들의 흔적과 작품들이

곳곳에 배어 있나 보다.

송종의 토문재에서 저 멀리 바라보이는 바다의 아름다움은 가히 절경이다. 땅끝을 감고 도는 해변의 송림 숲은 남도 명품 서해랑 길에서 꼭 들리고 싶은 명소가 될 것 임이 분명하다.

인촌문학관 "토문재"를 비롯하여 개인 예술인들이 지금 쓰고 그리며 쌓은 흔적들은 훗날 또 하나의 해남의 문화자원으로 기억되고 우리의 자산이 될 것이라 기대해 본다.

전남대학교 공학 석사, 전 북일. 황산면장, 문화관광과장, 전 성화대학 겸임강사, 전 헬로이슈토크 토론 방송 패널, 7대, 8대, 9대 해남군의회 의원.

농사짓는 도의원, 해남에 살어리랏다

김성일 전남도의원

드넓은 농토를 가로질러 야트막한 야산을 지나면 바다였다. 물이 빠지면 게와 짱뚱어가 지천에 깔렸고, 물이 들면 망둥이 낚시에 시간 가는 줄 몰랐다. 어른들이 들판에 나간 사이 마당이 너른 집이나 마을 어귀는 늘 아이들 차지였다. 아버지와 함께 이른 새벽 들판에 나가셨다가 중간에 새참을 날랐을 어머니는 해 질 녘, 군불을 지핀 솥단지에 밥물이 끓어넘칠 때쯤 목청껏 집 나간 자식들을 불러들였다. 구슬치기, 땅따먹기, 말뚝박기, 비사치기, 술래잡기, 오징어 게임, 한참 놀이에 빠져 있던 아이들은 밥 짓는 연기가 온 마을에 퍼지고, '얼른 오라'는 엄마들의 외침이 커지면 하나둘 아쉬움을 달래며 집으로 향했다.

그렇게 시간이 흘러 강진 농고에 진학하고 특전사에

입대하면서 처음이자 마지막으로 해남 땅을 벗어났지만 해남군 황산면 한자리는 여태껏 농사지으며 대를 이어 살아온 터전이다.

들판에서 짓는 농사는 자연스레 농권 운동을 하는 농민 단체 활동으로 이어졌다. 애써 지은 농사가 시장에서 무너질 때 단체의 힘은 컸다. 4H와 농업 경영인 모임에 나가는 횟수가 늘어나자 대표를 해 보라는 권유가 뒤따랐고, 두 모임 모두 전라남도 연합회장까지 지내게 됐다. 아스팔트 농사를 짓게 된 거다.

이내 세 번째 농사 기회도 찾아왔다. 비례 대표 도의원을 시작으로 9년째 도의회가 있는 무안을 다녀왔다. 땅에서 짓는 농사와 아스팔트 농사 경험은 전남의 농정 농사를 짓는 밑거름이 되고 있지 않나 싶다.

특전사 시절 아버지는 3남 3녀를 남겨 두고 하늘나라로 떠나셨다. 어머니는 18년 전 아버지 곁으로 가실 때까지 여섯 자식 건사하느라 힘겨워하시면서도 막둥이인 내게 늘 농사의 소중함을 가르쳐 주셨다. 막둥이는 이제 얼마 전 농수산대학을 졸업한 아들에게 그 가르침을 전수한다. 그렇게 부자父子는 한자리에서 농사를 천직으로 알고 농업에 대한 애착을 애써 숨기지 않는다.

8년 넘게 무안을 오가며 해남, 그리고 해남 사람을 떠올리곤 한다. 풍년의 역설이라 했던가? 먹을 게 부족해 너나 할 것 없이 배고팠던 시절이 있었는데 바다 건너 온갖 농수산물이 들어오면서부터 풍년이 되면 트랙터 로터리에 작물들이 짓이겨지곤 한다.

농정 농사는 그래서 농민 단체가 제안했는데도 몇 년째 먼지만 쌓여 가던 농산물 가격 안정 지원 조례를 탁상 위에 올려 빛을 보게 하는 것부터 시작했다.

그리고 식당들이 값싼 중국산 김치를 내놓다 보니 해남의 배추와 양념 채소가 제값을 못 받는다며 국산 김치 소비 운동에도 발 벗고 나섰다. 해남에서 시작한 농어민 공익 수당이 전남 곳곳으로 확산하게 된 조례를 통과시킬 때는 농수산위원장을 맡았다. 더불어 농어촌의 어린 학생들이 좀 더 편하고 안전하게 학교에 다닐 수 있도록 하는 조례 제정에도 앞장섰다. 그렇지만 갈 길은 멀다.

한때 땅끝에서 서울까지 국토 대장정을 나서던 이들 탓일까? '땅끝'이 너무나 강렬했던 해남은 이제 '한반도의 시작'으로 거듭나고 있다. 남겨진 땅! 바다와 산, 드넓은 농지는 천혜의 자연경관이자 관광 자산이다.

미황사에서 시작해 꼬박 예닐곱 시간을 걷는 달마고도는 군데군데 바다와 섬을 조망할 수 있어 찾는 이들이 늘고 있다. 남겨진 땅은 또 다른 모습으로 손님을 맞기 시작했다.

이제 새로운 상상을 덧댄다. 두륜산과 대흥사, 땅끝은 해남의 명소다. 하지만 해남의 달밤을 즐기기엔 '거리'가 부족하다.

해남읍에서 대흥사를 잇는 꽃길은 어떤가? 길 가장자리 너른 공간을 따라 이른 봄엔 수선화와 튤립이 꽃망울을 터트리고 이팝나무와 보랏빛 라벤더가 더해진 예쁜 꽃밭은 상춘객의 발길을 붙잡는 명소가 되지 않을까? 초여름 작약을 시작으로 베롱나무 아래 금계국, 작열하는 태양 아래 해바라기는 관광객의 눈길을 사로잡기에 충분할 것이다.

가을엔 형형색색의 코스모스가 흐드러져 접시꽃과 어우러지고, 초겨울 아기 동백 뒤편으로 '가지에서 한 번, 땅에서 한 번, 바라보는 사람의 마음에서 한 번' 피는 동백의 붉디붉은 설렘이 개나리와 진달래를 고대하는 이들을 반기지 않을까?

남겨진 땅의 가능성은 계속된다. 넓은 초원의 젖소가 한가로이 풀을 뜯고, 어미젖을 문 송아지는 동심을 자극한다. 웅덩이를 찾은 오리가 날갯짓을 하고 배추 잎을 쪼는 닭은 한 편에 알을 낳아 생명의 신비를 더한다. 말을 타고 초원을 돌면 염소와 양이 노닐고 새하얀 토끼가 바삐 굴을 찾는다. 어느 날 해남을 찾은 가족은 종일 곳곳을 즐기다 미남 축제로 유명해진 식당을 찾아 허기를 달래고 묵을 곳을 찾아 피로한 몸을 누일 게다.

외도와 가우도처럼, 울돌목의 거센 물결을 마주한 양도는 우수영의 밤을 비추는 명소로 가능성이 충분하다. 대를 이어 농사짓는 도의원은 오늘도 울리는 전화벨 소리에 실려 오는 해남 사람의 바람에 '길'을 찾고, 남겨진 땅의 미래에 상상의 나래를 펼쳐 본다.

1965년 전남 해남 출생. 강진농고, 순천대 농업경제학과 졸업. 10대, 11대, 12대 전남도의원, 전남도의회 부의장 역임, 현재 보건 복지 및 예결위원으로 의정 활동을 하고 있다.

나의 마을 나의 해남

박 성 재 전라남도의회의원

나는 땅끝에서 일몰이 가장 아름답기로 소문난 한적한 어촌 마을 '중리' 마을을 자주 들른다.

드라마 허준의 유배지 촬영 장소가 되면서 꼭꼭 숨겨져 있던 나의 중리 마을은 관광지로 유명세를 타게 되어 괜한 억울함(?)도 있는 것 같다.

깨끗한 물, 넓은 해변이 자랑인 중리마을은 빼어난 경관뿐 아니라 최고의 조개 잡이 체험장으로도 널리 알려져 있다.

물이 빠진 갯벌은 바지락, 고동, 게 등 다양한 생물들이 살고 있으며, 아이들과 함께 호미질을 하며 직접 캐는 조개 잡이로 남녀노소 즐거워한다.

젊은 부부들이 자녀들과 함께 조개 잡이 하는 모습이 너무 화목하고 예뻐 보여 "보기 좋네" 한마디 했더니 "어릴 적에 나랑도 저렇게 놀아 주시지……" 하고 아들의 핀잔을 듣는다.

괜스레 미안하고 어색함에 쭈뼛쭈뼛 해진다.

아들과 나는 아들이 장성하기 전에 하루 두 번 모세의 기적이 일어나는 송지면 중리마을 신비의 바닷길 '증도'에 데리고 간 적이 있다. 바지를 허벅지까지 걷고 증도와 건너 작은 섬 '죽도'를 걸어가다 물이 차오르는 바람에 달려갔다 오기를 반복하기도 했다.

재미와 상관없이 한 번쯤은 아빠 노릇도 한 것이다.

요즘 젊은 부부들은 자녀들을 데리고 전국을 돌며 캠핑을 하고 해외여행도 내 집 드나들 듯이 가지만, 우리가 어렸을 때는 그냥 자연 속에서 방목 당했다.

'좋은 경치 이거나 보고 그냥 잘 자라다오' 하셨는지 우리의 어린 날은 다들 그렇게 자분 자족하면서 새까맣게 살았다.

몇 해 전만 해도 내가 본 해남의 풍경은 나무의 신록이 돋기 전 바다가 더 푸르렀던 기억이 있다.

분명 봄은 바다에서 시작되었고 봄 마중은 바다로 가야 했지만 요즘은 지역 의정 활동하기에 바빠 동분서주 홍길동이 되어 바다 내음도 맡지 못하고 정신없이 살아 해남에게 미안하고 아름다운 중리에게도 미안하다.

남도의 아름다운 사찰 중 한 곳인 달마산 미황사는 내가 홍길동이 되어서도 마음의 안식을 얻으러 자주 가는 절이다.

해남에서 가볼 만한 곳으로 트레일 코스인 달마산 달마고도와 암릉 등반의 묘미와 스릴을 느낄 수 있는 기암괴석이 있다.

연중 발길이 끊이지 않고 가을 풍경이 너무 아름다워 전라도의 작은 금강산이라며 단풍 여행지로도 널리 소개된 곳이다.

나는 미황사 입구에 서정지라는 아담한 저수지가 너무 황홀하다. 물 건너편에 민가와 산장형 식당이 영업 중인 곳으로 주변 단풍이 곱게 물들 때 아침 물안개가 피면 몽환적인 아름다움이 펼쳐지는 곳이다.

나의 낡은 핸드폰으로 대충 절경을 찍어도 멋진 한 폭의 작품이 되어 버린다.

해남 달마산 미황사 일원은 명승 제59호로 지정될 만큼 수려한 경관을 가졌으며 산의 이름에서 알 수 있듯 불교와 깊은 인연을 갖고 있다.

마음이 심란할 때 복잡한 마음을 버리려 108 계단을 올라 대웅전 마당까지 가는 길은 계단 주변 숲에서 지저귀는 산새들의 노랫소리와 가을의 풍경을 보고 있으면 계단의 수를 잊게 만든다.

나만 아는 단풍 절경의 하이라이트가 있다. 천왕문 왼쪽의 찻집 맞은편 화장실 뒤편에 수백 년은 되었을 단풍나무가 그것이다. 붉디붉다 못해 약간 검게까지 보이는 절경이 펼쳐져 있다.

나뭇가지와 잎 사이로 스며드는 햇살은 눈이 부시게 찬란하다.

내가 해남에 쭈욱 정착하고 사는 것은 비단 이러한 절경만은 아닐 것이다.

어디서나 함부로 먹지 못하는 남도 음식의 끝판왕 해남 한정식과 횟집은 그냥 가는 곳마다 맛의 절정을 이룬다.

보리밥, 산채 정식, 떡갈비, 닭 코스 요리, 삼치회, 생고기, 황칠 오리 백숙 등

해남 미남味南축제는 괜히 있는 축제가 아니다.

땅끝 여행 삼시 세끼, 어떤 음식을 택하더라도 해남의

푸짐한 인심만큼이나 맛도 일품임을 장담한다.

이렇게 좋은 나의 고향 해남을 나 혼자 꼭꼭 숨겨 두고 즐기고 싶다.

다도해의 빼어난 풍광에 눈이 호강하고, 볕 받은 바다가 눈부시게 반짝거리며 작은 섬들이 여백을 메워 풍광까지 좋으니 나 홀로 만끽하고 싶은 맘뿐이다.

발길이 닿는 곳마다 정신과 영혼이 우주의 신비로운 법칙대로 흘러가는 듯 한없이 편안하고 고요한 내 마음을 나의 고향도 받아 주면 좋겠다.

해남 짝사랑 중인 나는 오늘도 홍길동으로 변신해 겸손과 충신의 마음을 품고 의정 활동에 전념해야겠다.

전 제10대 전라남도의회 의원, 전 땅끝 농협 이·감사, 전 송지종합고등학교 운영위원장, 전 땅끝체육회장, 현 법무부 법사랑 해남군 운영위원, 현 송지면 청소년 선도위원, 현 제12대 전라남도의회 의원

해남을 찾은 사람들. 그 아름다움이 해남을 살찌운다

박상정 해남군의원

딱 3년만 도시에서 돈 벌어 다시 해남으로 돌아오자던 꿈을 25년 만에 이루었습니다. 도시에 적응하지 못한 생활을 여행으로 대리 만족하며 수많은 곳들을 찾아다녔습니다. 언제나 내 마음의 안식처는 해남일 수밖에 없는 운명인지라 늘 해남을 그리워했습니다.

마당에서 보는 달마산이 그리웠고, 사계절 새로운 모습으로 변해가며 삶의 역동성을 키워 준 마을 앞 들녘이 사무쳤습니다.

해남의 역사 문화와 자연 경관에 대해서는 일 년 열두 달 그 아름다움을 표현해도 부족할 것입니다.

최근 해남에 삶의 터를 잡은, 참으로 아름다운 사람들을 많이 보았습니다. 늘 감사드립니다.

어머님이 혼자서 해남에 귀촌하신 것이 걱정이 되어 어머님을 모시기 위해 해남에 온 청년이 있습니다. 그 앞에 서면 온몸에서 선한 기운이 풍깁니다. 카페를 차려 맛있는 커피를 내려 주면서도 늘 고마움을 표현합니다. 해남에서 잘 정착하기를 바라며 영업 사원 노릇을 하고 있습니다. 해남에서 행복하다는 이야기를 듣고 싶습니다.

프랑스에서 10년 보다 더 긴 시간을 공부하고 온 청년도 있습니다. 먼저 해남에 정착한 선배가 좋아 해남에 왔답니다. 집을 구할 때부터 만났습니다. 당당하면서도 예의 바른 모습이 고왔습니다. 혹시 마을 주민과 어울리지 못할까 걱정했는데 저의 걱정은 부질없는 짓이었습니다. 마을 회관에서 자기의 경험을 이야기하며 할머니들과 함께하고, 마을 일이 있으면 솔선수범하며 마을에 생기를 넣어주고 있습니다. 마을에서 김장을 하면 꼭 같이 하고 김치 한 포기 얻어오는 마을 사람이 되었답니다. 조그만 마당에서 프리마켓을 열어 지역 청년들과 함께할 때는 마을 사람들도 덩달아 좋아합니다.

농촌 유학을 이용하여 아이들과 함께 해남으로 온 학부모님들이 있습니다. 모두 자연 경관이 빼어난 해남을 좋아합니다. 그중 한 분이 저의 마음을 끌었습니다. 해남에서 정착하고 싶다며 이런 저런 시도를 하고 있습니다. 거주하는 숲속 펜션에 카페를 차려 학부모들과 함께 카페를 운영하고, 팜파티를 열어 많은 사람들과 함께 해남의 풍요로움을 즐기고 있습니다.

테라코타를 이용하여 한국적인 미인을 그려 내는 선생님은 자신의 집을 테라코타 박물관처럼 꾸며, 오고 가는 사람들의 눈을 즐겁게 해줍니다. 마을 어르신들의 얼굴 표정을 부조로 만들어 마을 담벼락에 전시하고 마을 주민과 함께 마을 축제도 열었습니다. 늘 웃음 띤 고운 얼굴이 마을에 활기를 넣고 있습니다.

세계 여행을 다녀온 친구도 있습니다. 멋진 풍경이 있는 집터에 조그만 집을 짓고, 필요한 만큼만 벌고, 있는 만큼만 쓴다며 해남에서 멋진 삶을 누리고 있습니다. 이 친구는 시골에서도 탄소 배출을 최소화해야 한다며, 쓰레기와 재활용품의 분리 배출과 쓰레기봉투 사용을 생활화하여 쓰레기를 태우지 않는 마을을 만들었습니다. 또한 세계 여행의 경험을 아이들에게 들려주기 위해 지역 아동 센터와 초등학교에서 이야기를 나누고 있습니다. 마을을 깨끗하고 즐겁게 하는 멋진 친구입니다.

조그만 농가 주택을 구입하여 청년들이 사용할 수 있는 멋진 공간을 만들어 낸 청년도 있습니다. 항상 지역의 청년들이 서로 관계를 맺으며 즐겁게 살아가기를 바라며 그 징검다리 역할을 훌륭하게 해내는 청년입니다. 농가 주택을 리모델링하여 첫 문을 여는 날 작은 마당에서 영화도 상영하고 맛있는 먹거리도 함께한 청년입니다.

많은 사람들이 해남에서 살고 있습니다. 멋진 꿈을 함께 가꾸기 위해 노력하는 사람들이 살고 있습니다. 해남은 이렇게 지신의 꿈을 이루기 위해 살아가는 사람들 속에서 더욱 빛나고 아름다워지고 있습니다.

제8, 9대 해남군의원
현) 해남군의회 총무위원장
전) 전남대하교 인문사회대 학생회장

구름 타는 법을 배우고 사는, 송종리 문학마을

최정수 송종리 이장

우리 마을 송종리는 유래가 깊다. 시대를 거슬러 올라가면 조선 시대 옛 명칭은 수천리 마을이라는 명칭으로 깊은 골짝기가 많아 물이 많은 곳이고, 다른 한편으로는 마을에 소중산과 몽중산이 풍수화처럼 길게 누워져 있다. 몽중산은 닭 머리를 닮았고, 소중산은 지네를 닮았다고 한다. 마을은 예로부터 협동심이 강하고 마을에 일이 생기면 솔선수범하는 마음들이 향기로운 곳이다. 마을에 급한 일이던 사소한 일이던 모두가 한마음이 되어 왔다. 마을 정서가 안정되고 풍요로워 사람 냄새가 가득하다. 품앗이와 울력은 오래전 일이지만 서로 상부상조하고 인연을 소중히 여기는 마을 사람들 덕분에 언제 보아도 정겨움이 일어나는 따스한 곳이다. 오래전부터 흥겹고 옛정이 묻어나는 풍습들이 많이 있었지만 시대의 세태에 따라 살면서 그 시절의 옛 모습을 찾기는 어려워졌다. 하지만 사람들의 채취는 그대로 남아 있어 훈훈한 마을이다.

마을 이장으로서 어떻게 하면 우리 마을을 아름답게 가꿀 수 있을까? 마을의 온기를 찾는 일이 우선이어서 내게는 24시간도 부족하게 다가온다. 내 능력이 부족하지만 최선을 다하고 있다. 마을 주민들의 애경사는 항상 진풍경이었다. 애사와 경사 때면 축제와 같았고, 상여를 들고 나가는 마을 사람들의 모습이 지금도 내 기억에 소중하게 자리하고 있다. 상여를 들쳐 메고 곡조를 따라 부르다 보면 송종리 마을은 눈물바다였다. 진혼가로 마을 사람들과 숙연한 시간들을 보냈던 것은 지금도 잊히지 않는다.

시대가 변하여 새로운 문물이 마을 사람들의 정서를 바꿔 놓은 부분도 있지만 마을 회관에 모인 어르신들은 남녀노소 할 것 없이 하나가 되었다. 할머니 할아버지들은 누구의 아버지도 아닌 나의 아버지였고 어머니처럼 소중했다. 마을의 겨울 들녘은 여전히 평화롭고 마주하는 사람들의 온기로 동네는 늘 평온한 자취를 안고 있다. 생계에 소홀할 수 없어, 일에 허우적거리면서도 마을 사람들의 협동심에 위로를 받는다. 우리 마을과 다른 마을의 큰 차이점은 없겠지만 송종리포구의 저녁노을은 일품이다. 여름이면 민어가 나오고, 겨울로 들어가는 길목에서는 삼치가 나온다. 문어와 전복을 잡아서 먹거나 김 양식으로 먹을 게 풍부한 탓에 늘 따뜻한 밥상이 차려진다. 기후 변화에 민감한 농어민들의 생활이다 보니 일을 할 수 없을 때 함께하는 친목 문화가 어느 지역보다 다채롭다. 십수 년 전만 해도 우리 마을은 해수욕장이 있었다. 해수욕장에는 마을 사람들의 문화와 생계가 있는 곳이었다. 동네 사람들이 축구와 족구를 하거나, 관광객들이 찾아와 쉬어 가는 곳이었다. 도심지로 삶의 터전을 잡아 떠나가거나 귀촌하는 사람들과 귀향하는 고향 사람들이 생기면서 예전에 비해 짙은 향수를 기대하기 어렵지만 마을 사람들 모두가 그리워하고 있다. 최근 가뭄으로 인한 상수도 사정이 여의치 않아 이장으로서 긴장의 끈을 놓지 않고 있다. 물 절약 등 마을 사람 모두가 공동체 의식을 갖고 임해 준다면 어려움을 극복할 수 있을 것이라 믿어 의심치 않는다.

지난해 우리 마을에는 전통 한옥의 인송문학촌 토문재가 신축되었다. 작가께서 사재를 들여 신축한 한옥은 작가들의 레지던스 공간으로 많은 사랑을 받고 있다. 전국에서 훌륭한 작가들이 창작에 몰입하고자 토문재를 찾고 있는 것이다. 이러한 연유로 우리 마을은 문학마을로 선정되기도 했다. 벽화도 그리고 마을 환경 조성에 힘을 쓰고 있는 것이다. 촌장의 마음처럼 주민들이 모두 시인이 되었으면 하는 바람이다. 나는 구름 타는 법을 자연으로부터 배우고 싶어 산골에 자리한 지 수년이 되었다. 이 산골이야말로 내 삶의 전부다. 내 고향 장자골,

신동골, 문추골, 연예골, 마당골, 주정골, 십자골이 산면으로 유서 깊다. 내가 사는 마을이 연예골이다. 한 세상 연예 한번 하고 싶은 청년 시절들이 있었지만 부족한 사람 곁에서 지켜 주는 표숙희 여사가 있어 늘 행복하다. 풋풋한 연기를 뿜으며, 구름이 나를 데리고 다닌다. 뼈를 묻고 살아야 하는 송종리 마을 연예골에서 아름다운 마을 이장으로 추억을 안고 주민들에게 봉사자의 길을 걷고 있는 이 시간이 참 행복하다. 우리 송종리 마을은 그래서 보석이다.

1964년 해남 출생. 송종리 마을번영회 회장. 송종리 마을 이장.

2

Chapter

#

Poem

송종리 마을 사람들

잘 보소

강순임

금목걸이 허고 옷이 잘 어울린다 했능가?
어메 자네 눈에 송곳 박았능가?
우째 이 쬐끄만 금목걸이는 눈에 뵈고
쩌그 침대는 눈에 안 들어오능가?

그랑께

강우례

동문이 아버지 가 버리고
나 혼자 밭을 메잉께 어째 허전하다야
알곡이 그래도 쭉정이 보다 많은 걸 보니
동문이 지 처랑 민어 낚았나 보네이
민어 잡았슨께 토문재 갈랑가, 어쩔랑가 모르것는디
지 좋으면 엄매는 좋제
그랑께, 그랑께
밥도 못 먹고 버티더니 나 혼자 두고 갔어라
은빈이도 은희도 준희도 있슨께
내 걱정일랑 말고 천국에서 보잔깨랑

그랑께 세상은 살아 볼만혀,

아따 좋아부러

권 순 심

아따 오늘 인송 양반이 왔네이
그랬는가, 저랬는가, 양팔 들어
허공을 안고 한 바퀴 돌고 낭께 좋네이
꽃다운 나이
아직 아그들 나이재, 볼만하요

행복한 웃음

김 길 주

목에 핏줄과 앙다문 이를 뚫고 웃음이 나올 때가 있제.
로또에 당첨되었다고 할 때?
손주가 태어났다고 할 때?
아니제,
잘혔네, 자네 참 고생 많았네.
따뜻한 그 한마디 들을 때제.

뚝심

김 미 경

두 팔로 꿋꿋이 살아왔당게
세상과의 팔씨름은 말이여
팔심으로만 하는 게 아니제
뚝심으로 하는 것이제

아따, 오늘은 손님 온가 보네

김 성 수

뭐가 걱정이것소?
집에 배추 맹크로 엄니 건강하고
바다에 전복 맹크로 자식들 잘 크는디
아들이 가수라서 기도만 한당께라

웃음밖에 뭐가 또 있것소이?

우리 색시

김 성 열

아따 이게 뭐단가
계란은 아침이고
복숭아는 저녁인가 보네
민어도 잡고, 삼치도 잡고, 문어도 잡아 옴세
이게 내 특기 아닌가

송종리 바다에서

김송남

바다에서나 볼 수 있는 사람
포구항 저편에 느린 걸음을 걷다 보면
노을 저편으로 어둠이 내린다.
어머님과 이별 인사를 나누고
언어와 언어 사이, 눈빛으로 읽어 가는 아내의 얼굴
크레인 암자에 둘러 배 한척 떠 있으니
내 눈동자에서 아이들이 서성이고 있었다
해는 더 깊게 어둠을 데려왔고
기다리는 아이들의 손바닥이
차가운 내 얼굴을 만졌다

나의 뒷모습

김 순 진

나 어짜요, 볼만 하요
마실 가는 길이어라
모르지라 내가 뽐냈는가
수줍은 웃음은 늘 새것인 것
꽃무늬 모자와 쌘뻥 블라우스
차려입으면 열여덟 소녀가 오메,

가고 싶은 곳 많아 아직은 좋지라
발자국 남길까, 동네 사람들 무섭소이

가족 사랑

김 영 식

늙어도 곱네
예쁘네
손자, 손녀도 보고
보고 또 보아도
내 가족들의 삶
며느리도 어찌 이리 이쁘당게
또 보고 싶당게

가족

김 영 채

눈비 가릴 수 있는 좋은 집이 생겨
기쁘당게 얼굴만 봐도 흥에 겨워
시곗바늘은 우리 가족에게도 돌아간다
이제 살만 혀

아, 옛날이여

김 옥 심

왔다 촌장님 반가워라
송종리포구는 뭐 땀시 그리 다닌다요
내 손바닥 좀 보소
이놈의 손바닥에 세월이 갔소
촌장의 세월은 아직 멀었지라
우리 남편 석근 씨가 고맙당께라
오늘 밥에 농약 좀 하고
소주 한잔합시다이

미닫이문 열고 봉께

김 장 호

미닫이문 열고 봉께 좋고 고마운 것이 왔고만이라.
고기 한 덩이 계란 한 판은 몸에 좋아 고맙고
반가운 얼굴 고운 맘씨는 나의 심장에 좋아 고맙지라.

볼 만혀요

김 재 철

할매요, 볼 만혀요?
나가 요로코롬 이 앙다물고 서 있을 텡께
우리 오래오래 재밌게 삽시다.

이것이 최고라니께

김 정 순

벌써 몇 년이 되어 뿌렀는지 가물가물허제.
손주가 해 줬지, 할무니 지켜줄 거라면서
영감 떠나고 품에 안고 자니께 그랴도 든든햐.

황토 빛, 모과 냄새

김 종 기

황토가 낳았고 황토에서 자랐기에
기둥도 창살도 모두 황토 빛입니다.
황토가 낳았고 황토에서 자랐기에
얼굴도 몸도 잘 익은 모과 냄새입니다.

모정의 세월

노금만

이제 언제 온다냐 너 어미 맘 아냐
잘 가라는 손짓이 아니여
다음에 올 때는 거시기랑 같이 와
너그 아버지 힘들어 죽게 생겨승께
어미의 간곡한 약속이여, 알았제

서럽고 고마운 미소

노금만

모여 앉아 일할 때면
시엄니와 남편과 함께 앉아 일할 때가 생각나
서럽고 고마운 미소가 지어진당께.

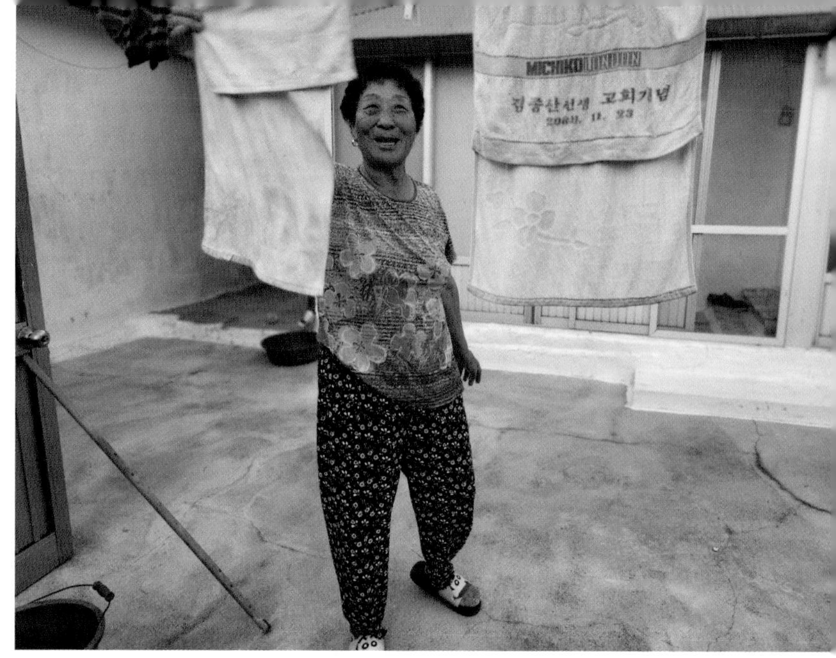

새색시 마음

박공심

시간이 지나면
모둥게 때가 타기 마련이제
그라도 마음만은
색시 때처럼 늘 꽃이랑게

만년 소녀

박금순

세월이 가도 마음은 늙지 않아요
그래요 나이가 무슨 소용 있겠어요
우리 둘 마음이 청춘인데

산정 장날 외출

박 남 례

요즘은 앵간하면 옷 좋게 입어
장날에 가면 영감들 많당께라
사탕 하나 사 먹고 올랑께 기다리쇼이
아따 봄볕이 급나게 따갑소이
마을 회관 할망구들이 어째 안오요이

자족

박동문

나물 먹고 물 마시고
배 두드리며 살아강게
대장부 살림살이
요만하면 됐지라

그나저나

박동문

내게도 깨가 쏟아지던 시절이 있었제
그나저나
올겨울 누구랑 정을 나눈다냐

스승과 제자

박 병 두

겨울 지나 봄을 등진
황산리에는 스승이 산다.

어른의 너른 등판에 적힌 무언의 계명
뒤따르는 제자가 따르는 묵언이 좌우명이다.

매서운 눈과 바람이 불던 날,
사모님이 해맑은 웃음으로 겨울을 달렸다.

가장 행복한 아내의 얼굴에
길이 바다였고, 삶이 여행이었다.

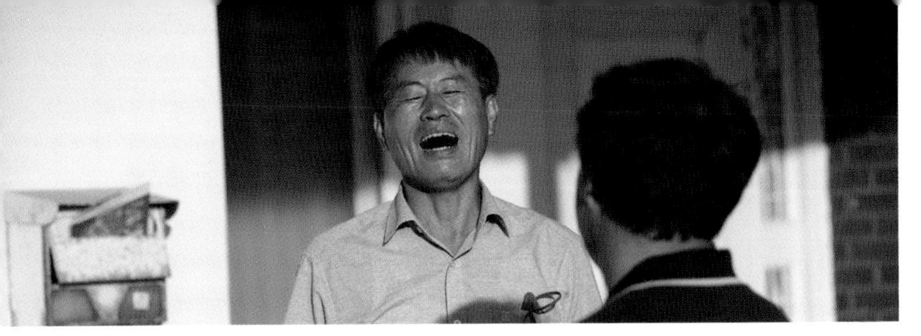

착한 사람을 보면 눈물이 난다

박 용 재

어둠이 내린 저녁
얼굴 모른 인사는 상수도를 찾았다

낯선 길을 찾아온 두 사람은
쫓기듯 심사를 말했다

바다는 어디냐고?
사람들은 어디 사느냐고?

익숙한 질문들을 바보처럼 반복했던
초분을 다투는 시간
긴장은 가속화되질 않았고
십자가 물음처럼 천천히 길을 이었다

안개에 말린 빛들이 사라지는 때까지
물 공급을 하겠다고 잠을 설치는 날
두 사람은 더 이상 질문을 하지 않았다.

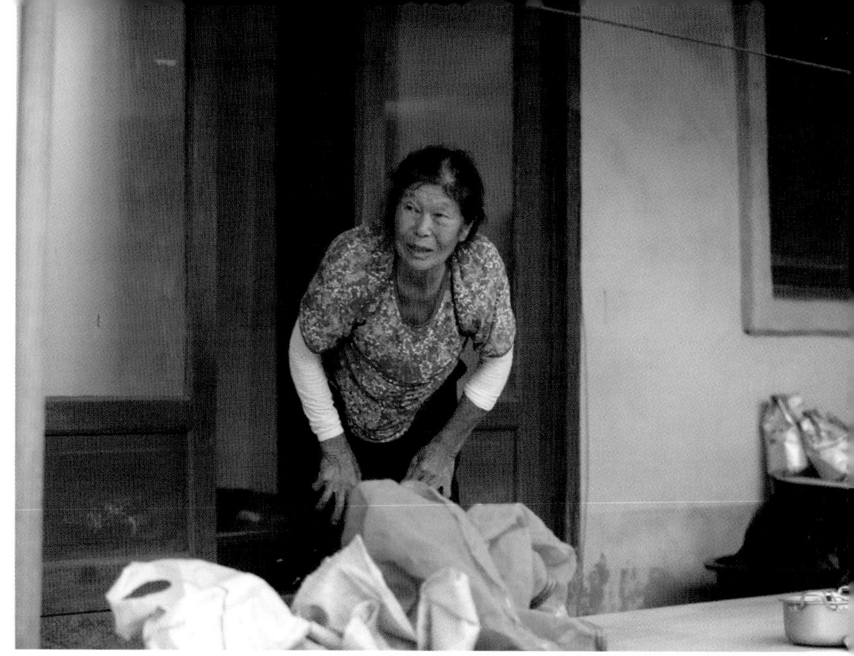

뭣 땀시 그냐

박 인 자

아야 얼렁얼렁 와 부러야
뭣 땀시 그냐
그만 헤벵께 다니고
뽀짝 붙어 브랑께

여그 꺽정은 하덜말고

박 일 엽

맴이 짠하고 짠해서
어쩌쓴디야
여그, 꺽정은 하덜 말고
싸게싸게 댕겨와

날마당은 못 하고 참참히 해라우

박 정 금

어매, 지금 배추밭이구먼
해가 참말로 노루 꼬랑지만큼 남았는디
우짜까이
날마당은 못 하고 참참히 해라우

아름다운 초상화

박종안

웃으니
이마에 갈매기 날고
눈가에 물이랑 일렁이네
아이들 잘 크고 있고
백년해로합시다 이

문패를 단 뜻은

정 현 석

우리 두 사람 이름이 떡 하니 박혀 있응께
태풍도 지붕 위로 지나가 뿔고
코로낭가 귀로낭가도 대문 앞에 서성이다 돌아갔제.
이것이 도깨비방맹이보다 낫다니께

마음의 표시

성은수

웃는 얼굴
두 손
을마나 아름다운 마음의 표시당가

왜 웃느냐고

심귀례

나이가 등께 뭣이 이리 빠져나가는 게 이리 많데야?
복스럽던 볼이며 엉덩짝에 살이 다 빠져 뿔꼬
시집올 때 우물 같던 눈물샘도 다 말라 버리고
남는 건 웃음밖에 없어야.
너도 나 나이 돼 보면 알아야.

먼 곳

용석근

일하다 잠시 허리를 펑게
먼 곳이 보이네

욕허지 마씨오.

용 성 덕

밭 갈러 갈 때 다섯 알 받고
배 타고 올 때 열 알 받고
엄니 진짓상에 한 알 올리고
열 판 모아 서울 간 아들헌티 보낼라우.

기다림

용순애

오늘도 어머니 그리움이
발효되는 시간이다.
잘 손질해 맛 들어갈 때
자식들 하나 둘 돌아온다.

홍도야 우지 마라

용 식

내 배에는 보물이 있는디
그 보물이 신선이랑께
실실 부른 홍도야, 홍도야, 우지 마라 이거여

기다린 내 아내가 기다린당께
빈손으로 가면 저녁 밥상은 없슨께

내 손이 바다에 넣어 부끄럽당께
사랑을 챙겨 금순이 찾아 갈란다.

바다는 보석

용 식

바다는 보석상이거나 전당포야
시간을 주면

왔다 급나게 미끄럽네이

언제나 바다의 보석을
손에 가득 쥐여 준 단 말이여

너털웃음

용 정 오

지금 이 순간
웃음이 나의 전부
더는 필요한 게 읎당게

나가 고백하건대

용정윤

나가 글을 따라가는 것은
눈 덮인 산, 산새가 인가를 찾는 까닭이고
나 고향에 터를 잡은 까닭은
바닷물이 끝없이 뭍으로 밀려오는 마음이제.

마음

용준호

마음을 주니
나무가 더욱더 푸른 마음을 주네
그라제 마음을 주면
미물도 마음을 준당게
고난일랑 잊어버립시다

아름다운 사람이란

이광미

나는 매일 같이 뒷모습을 보이고 산다
나를 보는 사람들이 바다에서는 없쓴께

아름다운 사람이란
사람이 아름다울 때가 있다 한다.
내가 더 아름다울 때가 있다.

세상을 믿고 등을 보인단 말이여

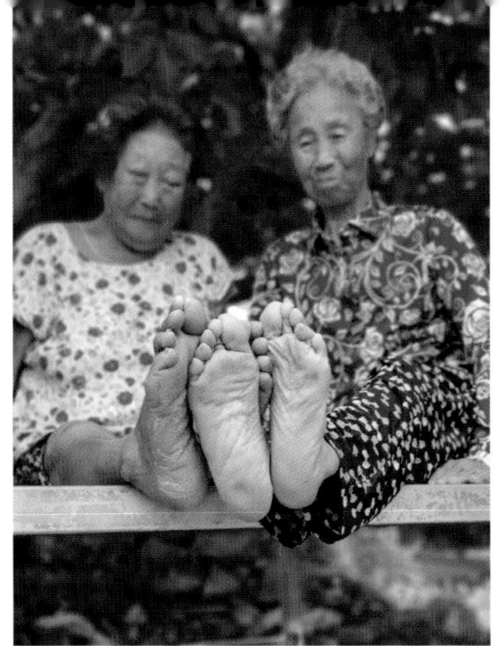

내 엄지발가락

이 귀 례

발가락을 닮기 싫어도
이 발가락이 팔할이었당께
우리 엄니 발가락도 이랬어
나머지 발가락 자라지 못하도록 혼자서
맷돌 방석이 됐꾸만이라
이게 우리 생이여……

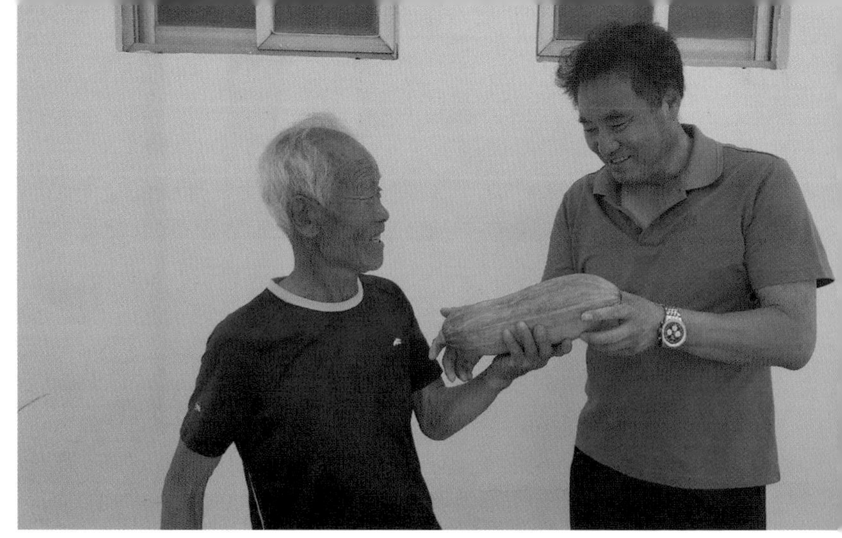

웃으면

이순옥

웃으면
복이 온당게 촌장 말이여
이놈 호박 맛 좀 봐
집에 자주 좀 와 그려, 뭐 이리 바쁜겨……
우리 미자 씨가 방금 따온 거여
작가들과 끓여 먹어 봐
해남 특산품이랑께

근디 말이여
작가들은 밤에 올빼미 같혀
저녁에만 동네 나오는가 비여

아따, 정말 놀러 좀 와

바다의 사랑

이 승 배

오늘은 하나 낚아야제
어신을 기다리는 게 아니다 이거여
물미역같이 하늘거리는 푸르고, 나는 너의 비닐을 낚아야제
너를 기다리는 동안, 나는 한 사발 들고 간다.

풍산개가 지키는 것

인 송

오늘도 진도견 문돌이와 풍산견 재돌이는
으르렁거리며, 신경전을 벌인다.
서울 마실 다녀오는 동안 한바탕 혈투가 벌어졌다.
번번이 싸움에서 대패한 재돌이는
앙금만 남은 채로 승부가 나지 않는 전쟁을 치르고 있다.
저 멀리서 들리는 엔진 소리만 들어도
꼬리를 흔드는 재돌이가 애처롭다.
어란 포구를 바라보며 토문재를 지키는 재돌이가
촌장의 마음을 품고 있다.

나의 가족

인 송

왼손과 오른손을 맞잡고
땅끝 고향에서 농어업민들과
시름하던 시절들이
당신이 있어 행복했고
시름 덜어 준 아들이 있어 행복했네

부드러운 눈매로 밝게 웃는 모습
한고비 넘고 또 넘어가야제

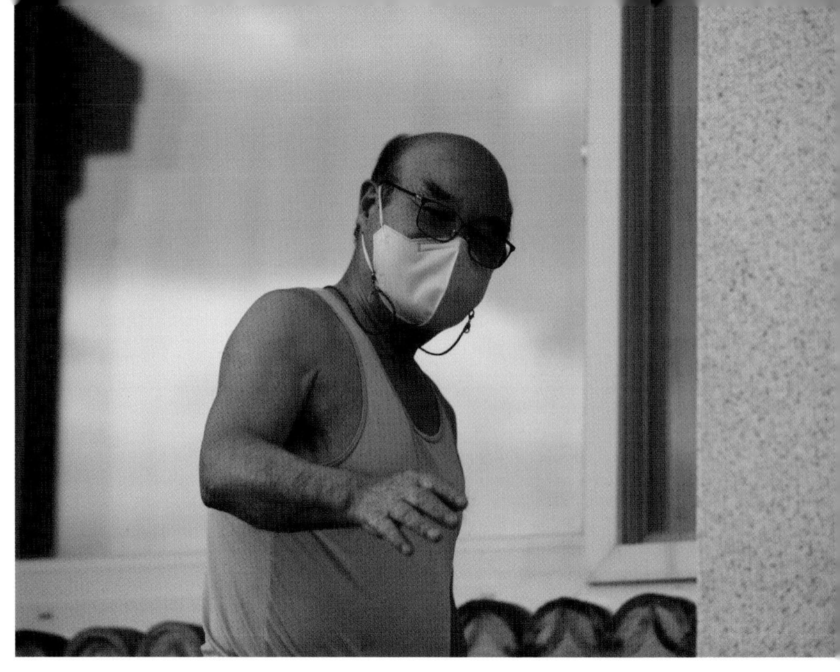

나의 매력 뽀인트

전 원 찬

그 마스크 쪼매 벗고 사진 박자니께 하는 말이
나의 매력 뽀인트는 민머리에 눈이랑께
팔뚝허고 합쳐서 잘 보소.
이리저리 쪼매 힘쓰지 않것소?

뭐 보고 있는 것 같소

진 정 재

시방 나가 흘러간 세월 돌아보는 것 같소?
먼데 자슥들 얼굴 삼키는 것 같소?
아니믄 부모님 산소 그리는 것 같소?
다 틀려부렀소. 그럼 뭣이냐고요?
허허, 고것은 말 안 혀요.

가족이란 이름

정광문

한 상에 둘러앉은 때
구름 속에 내려 본 대죽리 마을,
절임 배추로 몇 년을 서성이는 날
딸은 창공을 날으고,
아들은 새 집의 가장이 되었다

어느 비 갠 날 오후,
고사리 같은 손으로 볼을 안기던 딸아이가
이렇게 큰 숙녀가 되다니
바다는 잠에 취해 대죽 섬을 가르고

주름살 잡힌 거울을 보니
저만치 배 한 척 들어왔다

사랑하는 회전문

지 광 훈

여보씨오,
당신 없으면 죽는디
이대로 살다 천국 갑시다
놀이터 만들고 손주들 선물했으니
이제 시름만 놓고 빙빙 회전문을 탑시다

그리움

채 안 남

때로는 말이여
먼 것을 먼 그대로 두어야 혀
그라야 그리움을 안강 게

이것이 기적이 아녀

최 건 혁

비눗방울이라지만, 약보지 말어
비눗방울일 수 없슨께, 내 꿈을 키우는 마술이여,

토문재 앞바다에서

최건혁

오늘 삼촌과 한판 할까라
삼촌은 뭐 땜시 한양서 공부도 한 사람이
우리 마을에 와서 고생해 붕당깨라
근디 언제 여자 소개시켜 준다요
나도 장가 가야제라
내 배는 밥심 이랑깨라
색시는 굶어 죽지는 않을 것이요
허허, 나는 삼촌 걱정이랑께
마을 사람들 이바구 나눌 사람 없슨께 나랑 놀잔 깨라
어이햐, 디어라 가자,

고맙긴 허네마는

최 금 덕

아따 고맙소.
계란이 자네 등짝맹쿠로 실허네잉
그란디 나 이거 먹꼬 힘 넘칠뿔면
자네가 책임지소잉.

이래 봬도

최동수

이래 봬도
젊어서 내가 을마나 고왔는지 앙가
요 수박처럼 꽃 피는 봄날이었당게
양귀비도 저리 가라 할 정도였당게
정금이 당신 덕분에 나 여기까지 온 겨

에이, 잡것덜

최명림

동남아 새악시덜은 잘도 델꼬 오더니만
동남아 영감쟁이덜은 안 델꼬 오능가?
말 안 통혀도 좋응께 입 달린 사람 좀 델꼬 와.
나가 시방 분홍빛 맴인디 벙어리 입이 됐당께.
에이, 잡것덜.

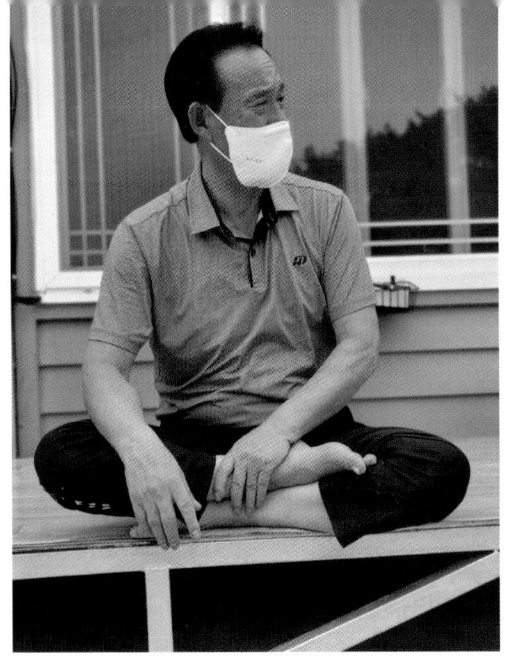

가부좌를 틀다

최은호

가부좌를 틀고 앉아 세상의 안타까움을 본다.
마당에도 포구에도 쌓인 세월들
물이 들고나가듯이 모든 것이 그러하리라.

제2의 청춘

최 정 수

어느 마라토너도 못지않게 달릴 수 있당게
그리고 아즉도 내겐
피울 불꽃 사랑이 있지라

나누고 싶은 마음

표숙희

나사렛의 예수는 빵 다섯 개로 5천 명을 먹였다는데
내 남편은 가진 것도 없으면서 나누려 한다
어느 날 토문재 촌장이 말을 내놓았다
"남편은 정이 많은 사람이라고"
그놈에 정 때문에 나 여기까지 왔으니
이제 술만 줄이라고 기도할 뿐이다

숨긴 미소

하 우

잘 보소
내 미소
보이는가

달걀 한 판의 침묵

허남례

보고 싶었는디, 서울 양반
긍께, 밥이나 묵고 다니요

계란은 뭐여
추석도 지났는디 웬 계란이여
아이고 겨울이 오겠제
서늘한 바람이 부네

아이고, 자네 왔구만이라

허 용

자네가 뭔 일이래?
씨암탉 잡는다 소리 들었나,
굉에 술 익는 소리 들었나?
한상 차려놨응께 사진이나 잘 박아 주소.

어른들은 몰라요

황연후

콩콩아,
구석으로 숨지 말고 이리 나와
언니랑 놀자이

연후랑 콩콩이,
바닷가 마을에 함께 지내지
바닷가 마을은 내 것이랑께라

3

Chapter

#

Poem

인송문학촌의 시인들

저녁 이미지

권달웅

낯이 밤으로 바뀌는 길목에서
얼굴을 가린 실루엣이
적막에 잠겨 있다

무거운 하루의 짐을 내려놓고
서서히 저무는 저녁은
우울한 그림자를 드리운다

이미 사라진 노을처럼
돌이킬 수 없는 날을 돌아보는
오늘이 지나간다

나를 무시하고
보라는 듯 웃고 걸어가는 두 얼굴이
바람 소리에 묻힌다

1975년 『심상』으로 등단. 시집 『해바라기 환상』, 『꿈꾸는 물』, 『휘어진 낮달과 낫과 푸른 산등성이』 등이 있다.

잃어버린 골목길

김 구 슬

골목에는 수많은 이야기가 있습니다

유년의 골목길은
유난히 비좁고 구불구불했습니다
길이라 이름할 수도 없는 길
더욱 수군거림 가득한
서사의 길

서울로 전학 온 날
교장 선생님이
집 약도를 그려 보라고 했을 때
난 꼬불꼬불 골목길밖에 그릴 수가 없었습니다

그 비탈진 골목길을 따라
유년의 서울 생활은 시작되었습니다
경상도 사투리와 전학의 공백을
극복하려 애썼던 서러운 골목길
통금을 알리는 호각 소리 서슬 퍼렇던 길

아, 젊은 날의 사랑과 애수의 골목길,

외국 소설에서 보던
정원으로 향하는 큰 창과
타일 벽의 욕실을 꿈꾸며
문학을 공부하던 우리 자매의 차가운 방도
기차처럼 긴 골목길이었습니다

인생은 골목길입니다

사랑과 눈물, 희망과 좌절의
굽이굽이 흐느끼는 강물을 따라
좁고 나지막하게 흐르는 골목길을 향해 가면
잃어버린 나의 시간을 찾을 것만 같습니다.

2009년 『시와시학』으로 등단. 시집 『잃어버린 골목길』, 『0도의 사랑』 등이 있고 홍재문학상 대상, Mihai Eminescu 시 축제 골드 메달, 이탈리아 Europa in versi 번역공로상을 수상했다.

땅끝마을 일지

김금용

안 하던 짓을 한다
눈뜨면 창부터 연다
앞뒤 창문을 열고 바깥 동정부터 챙긴다

뒷 창문 밖에선 진돗개 두 마리가 암컷 어린 걸 놓고 시비를 벌이고,
곁 창으론 바닷바람이 햇살 따라와 자갈을 밟는지 재재거리고,
앞창으론 중리 바닷길이 하루 두 번씩 길을 낸다고 날 부른다

시는 애초 쓸 곳이 아니다
밭두렁엔 봄까치꽃이 몰려 앉아 수군거리다 내 발등을 치고
붉은 보랏빛 광대나물꽃은 아서라, 손 흔들며 만류한다

섬이 열리는 중리 바닷길을 찾아가면,
검은 물바위마다 굴이 다닥다닥 붙어 있지만 갯고둥이 돌인 척 바닥에 깔려 있지만, 짱뚱어가 아가미를 파닥이며 모래 밖으로 날아오르지만 번번이 나는 빈손, 시

린 손,

어촌엔 사람 그림자 없고,
안개 덮인 마을과 바다는 내 등을 밀어낸다,
빈 머리, 빈 가슴으로 서울행 버스를 타라 한다,

상상력으로 시 쓰는 거라던 이승훈 시인의 말씀이 땅끝에 선 내 머리를 때린다
멀기만 한 봄,
땅끝이 땅 시작이라고 일러 주는 봄,
내 안에 두고 밖으로 밖으로만 찾아다니는 나의 봄,

1997년 《현대시학》으로 등단. 시집 『각을 끌어안다』, 『핏줄은 따스하다, 아프다』 등이 있다. 한국번역문학원 기금 수혜, 세종우수도서에 선정되었다.

섬

김 미 진

점점이 떠 있는 섬
외롭다, 하지 마요.

배달 나온 찻집 여자 팔목에 난 화상 자국* 그 상처에 다시 데어 외로이 서성인다는, 낯선 삶 통점 섞여 익숙하게 괴로운 시인 있어, 한 생애 무너지면 세워지는 봉분처럼 나는 비 내리는 섬 보면 떠오를 거예요, 찻집 여자와 화상 자국과 시인과 외로움

처마 끝 닮아 뭉글한, 구름 아래 저 독거獨居!

*염창권의 시 「섬」에서 차용.

2020년 《월간문학》으로 등단.

물북

김선태

저수지 속에는
아무래도 저수지 속에는
손가락으로 가만 건드리기만 해도
바람의 입술이 살짝 닿기만 해도
화들짝 놀라 입을 점점 크게 벌리는
그런 예민한 여자가 살고 있을 것이다.

그 여자가 커다란 물북을 끼고 앉아
한없이 슬픈 노래를 부르고 있을 것이다
아무리 세게 두드려도 소리가 나지 않는
느리고 둥근 선율을 피워 올릴 것이다.

저수지의 심금을 온통 울리는
저 정중동의 물북!

네가 처음 내게로 건너왔을 때
둥둥,
내 마음의 심연이 저러했을 것이다.
아아,
혼자서 갇혀 울던 유년의 다락방

벙어리 냉가슴이 또 저러했을 것이다.

저 절창으로 하여 오늘
고요한 갈대숲 전체가 아스스 부대끼고
수면에 비친 햇빛이며 달빛까지도
잘게 흐느끼며 전율하는 것이다.

1993년《광주일보》와《현대문학》을 통해 등단. 시집『간이역』,『작은 엽서』, 등이 있고 문학 평론집『풍경과 성찰의 언어』,『진정성의 시학』등이 있다. 애지문학상, 시작문학상, 송수권시문학상 등을 수상했다.

박영근 생각

김 왕 노

영근아, 네가 피웠던 노동 문학의 꽃
빨치산 네 아버지의 넋을 강물이 싣고 간
빈 나루터에 바람 없어도 뚝뚝 저버리고
네 등지고 간 세상에 우리가 살아남아
아귀같이 먹어도 오는 이 허기는 뭔가
네가 죽자 몸부림치던 사람들도
언제 그랬냐는 듯 봄 오면 네 잊고 꽃놀인데

솔아 솔아 푸른 솔아를 부르며
너를 죽게 한 가난하고 착한 폐로 헐떡이며
인제 가면 언제 오냐는
선소리 앞세워 북망산천 가기는 잘 갔는가.

영근아, 네 고향 변산의 채석처럼
해마다 켜켜이 쌓여 가는 그리움인데
총성처럼 귓가를 울리는 솔아 솔아 푸른 솔아
네 노래인데 몇 년만 더 살아도 좋았을 사람
내 꿈도 죽창을 시퍼렇게 깎아 동학처럼
삼례라 고부나 완산에 뼈를 묻더라도
지치지 않는 장단지로 내달리고 싶었는데

참 징한 세상이라며 우리가 나누던 술잔에
둥둥 뜨던 한 시절의 비린 울음
우리의 살점처럼 씹으며 안주로 삼았던 이름
산 자여 나를 따르라 하던 자, 따르던 자 다 죽이고
자신만 살아남아 호의호식인데
이것이 우리가 말하던 역사의 아이러니냐

영근아, 네 죽고 나는 살아남았지만 언제 우리
떼 창으로 솔아 솔아 푸른 솔아를 부르며
우리가 꿈꾸던 나라를 이루면
솔아 솔아 푸른 솔아 네 노래는
천지를 울리는 노래, 불멸의 노래가 아니겠는가.

1992년 《매일신문》으로 등단. 시집 『황금을 만드는 임금과 새를 만드는 시인』 등이 있고 박인환문학상, 풀꽃문학상, 시작문학상, 황순원문학상 등을 수상했다. 현재 인송문학촌 운영위원이다.

과꽃

김 운 기

나
한 송이 과꽃으로 피어
그대의 가을이라면 좋겠다
바람에 흔들려도
다시 일어나
반생을 뒤따라 온
그런 가을이라면 좋겠다

더러는
쪽 달 걸린 나뭇가지 아래로
더러는
헝클어진 마른 풀 섶 사이로
빌려 볼 것 같지 않은
낡은 풍경,
서산 옛집 담장 아래

늘 여기
그대의 가을이라면 참 좋겠다

2000년 시집 『그대에게로』를 통해 작품 활동을 시작했다. 시집 『곡부지나며』, 『49일』 등이 있다.

상승을 위하여

김 지 헌

저녁 하늘로
점보기 한 대
가뿐!
제 몸 일으키다

정확하게 일분 삼십 초 뒤
또 한 대 떴다
밤하늘에 반딧불이 두 마리 비행 중

언제부턴가 쭈그리고 앉았다 일어나려면
지구가 울리도록
아이쿠~~

저 알바트로스
300명을 날개에 품고도
끙! 소리 한번 없이 하늘을 뚫고는
이내 구름 속으로 사라졌다
상승이 저리도 가벼웠다니

밤하늘 조무래기 별들 쪼르르 기어 나와

어서 일어서라고
단체로 물개 박수 보내는데

두려웠을까
하늘의 일 엿본다는 것

1997년 《현대시학》으로 등단. 시집 『심장을 가졌다』, 『회중시계』 등이 있다. 미네르바문학상, 풀꽃문학상을 수상했다.

마리오네트

김현장

실 하나 당겨 보면 등 돌리는 사람 있다
마스크로 가려 봐도 휑한 눈빛 흔들리고
비대면 차가운 거리 회전문은 돌아간다
백동백 무릎 꿇고 저 홀로 피어나
꽁꽁 언 유리창 너머 하얗게 뜬 얼음 얼굴
툰드라 이끼 파먹는 순록처럼 불안하다
관절마다 매달린 끈 조여 오는 겨울 아침
숨죽인 채 늪 속으로 도시는 빠져들고
사람이 사라진 길에 빈 줄만 흔들린다

제33회《중앙일보》로 등단. 중앙시조백일장 2019년 11월, 20년 7월, 21년 10월 장원, 22년 4월 차상을 수상했다.

흰 달

박 미 란

돌 위에 마음을 얹었다

돌은 부드러웠지만 잎이 나지 않았고

나의 눈빛은
한참 낮은 곳에 있어
파도가 몰려오면 주저앉아야 했다

저물기 전에
빠져나갈 수 있을까

하나의 마음에
하나의 돌멩이를 얹어 놓으면

전하지 못한 말들이 넝쿨을 뻗어 나가다가 돌아들었다

가만히 있어도 찔릴까 봐
유리 조각이 서걱거릴까 봐

내가 나를 정말 잃게 될까 봐

파도가 파도를 물어뜯었다
곧 흰 달이 떠오를 거야

잡았던 것들을 다시 보내 주기 위해 바다는 끝없이 건너왔다

1995년 《조선일보》로 등단. 시집 『그때는 아무것도 몰랐다』, 『누가 입을 데리고 갔다』가 있다.

새벽 토문재

박병곤

송정 방파제 해무 걷어 내는
명견 진도와 풍산의 기침소리
정겨운 장닭도 꼬끼요……

청명한 별빛 따라
걸어서 땅끝까지 왕복 두 시간
쌓인 피로도 안개 녹듯

밤새운 입실 작가들 영혼 맑히는
새벽을 여는 촌장의 깊은 명상에
달마산에 햇살 맺히고

《수원문학》으로 등단. 2022년 겨울 인송문학촌 토문재에서 창작했다.

아르페지오

박은정

지금껏 내가 들은 것들을 말하려면

얼마나 많은 귀가 필요할까

저들은 내가 쏟은 말들을 하수구에 버렸을까

진창을 피해 다니다 진창을 애정 하게 된 사람이라면

나의 손가락으로 사랑하는 사람의 귀를 멀게 한다면

우리가 잃은 소리들은 얼마나 많은 높이에서 떨어져 내릴까

계단 위에서 가위바위보를 하며 한 칸씩 올라가는 아이처럼

정상이 너무 멀게만 보여 추락하고 싶다면

평생을 두리번거리던 바다 앞에서

몇 초의 사랑으로 세상을 이해하게 된 사람이라면

손때 묻은 모포의 시간 같은 기억을 건너

발목은 부드러운 파도에 사라지리라

우리가 손에 쥔 것이 무엇이든

미련 없이 놓아 버리기를, 그것이 신의 음악이기를

일정한 간격으로 손가락은 조약돌을 건너고

모든 것은 호흡대로 흘러간다

옷자락에 스며드는 물결같이 어여뻐서

중얼거리는 손이 있었지 고해처럼 반복되는

아르페지오가 바다를 긁으며 지나가고

남은 건 배음들의 잔해

눈물, 고개의 떨림으로 고개 드는 사람

파도가 모래사장에 그린 아르페지오

실의에 빠진 한 사람이

투신하듯 물속에서 잘게 부서진다

공중에는 맨발의 물새 몇 마리가

쏟아지는 두 손을 지우고

2001년 《시인세계》로 등단. 시집 시집 『아무도 모르게 어른이 되어』, 『밤과 꿈의 뉘앙스』가 있다. 서울문화재단 창작기금, 아르코창작기금을 받았다.

끝은 끝이라 말하지 않는

서 하

없다
비밀번호를 기억해야 할 현관문도, 징징대는 연속극도, 눈앞에서 늘 닫혀 버리는 지하철도, 무당벌레가 숨은 나뭇잎의 뒷면 같은 곳도

파도 소리를 찢으며
지푸라기 먹은 황토벽이 바람을 탄다

통유리 밖으로 엎드린 바다의 속살을 만져 보기도 하고 골목을 기웃거리기도 하고 올망졸망 조무래기 섬들의 눈을 피해 너울 위에 초막집 짓는 너는 누구니, 첫사랑을 만난 듯 품 넓은 바다를 뛰어다니는

자꾸 흘러내리는 귓등을 귀 뒤로 쓸어 모으며 파도에 빠져드는 일몰, 결코 끝은 끝이라 말하지 않는— 땅끝 송호리 인송 토문재에
나는 없다

1999년 『시안』으로 등단. 시집 『아주 작은 아침』, 『저 환한 어둠』 등이 있다. 이윤수문학상, 대구문화예술진흥원 문학작품집 발간 지원금을 받았다.

책비

석 미 화

그날 밤 아홉 언덕을 다녀와서 책비가 되는 꿈을 꾸었다 책을 읽어 주는 노비는 일곱 번 혹은 아홉 번의 눈물을 뺄 수 있는가 엽전이 치마폭으로 쏟아져 들어오는 그 말을 전생에 들은 듯

첫 이야기가 쏟아져 나오면 극으로 치닫거나 슬픔의 끝을 마주하니

나는 가지 않는 길을 가는 책비가 되어 바다의 먼 끝 구름이 어떻게 사라지는지를 살피러 다니고 아무도 오지 않는 바닷가에서 만나지 못한 파도처럼 날마다 그 사연을 풀어내고
덮고 덮이는 귀를 씻고 아홉 언덕 이제껏 누가 짓다가 완성하지 못한 옷을 걸쳐 입고 환한

세상의 책 거리로 나서네 부족한 것이 더 나은 세상으로 나가네 엽전이 비처럼 쏟아지는 가득 찬 이야기를 하려는 곡비 아닌 책비가 되어

당신을 한 번씩 불러 보는 사람들, 꿈 아닌 것은 뱃속

에도 있고 눈 속에도 있는 사람들, 슬플수록 사람은 같은 얼굴을 하고

끝없는 날들을 지나 그 어디에도 듣지 못한 바다를 일으켜 세워 그때 그 시절 말로 운을 떼어 보고 책 그림자를 던진다 당신은 듣고 계신가

바람이 붉은 줄을 긋고 비를 내려 주고 마지막 한 문장에서 모두가 숨죽이는, 책비 스스로 무명한 책이 되어 이야기는 계속되고 당신은 울고 계신가

2010년《매일신문》, 2014년《시인수첩》으로 등단. 시집『당신은 망을 보고 나는 청수박을 먹는다』가 있다. 한국문화예술위원회 창작지원금을 받았다.

산책하는 여자

송방순

여자는 수리산 한양아파트 앞 산책로를 헐렁하게 걷는다
소소한 소지품 없이도 마지막 가는 날처럼
주머니가 가벼워서 좋은 시간이다

산에서 흘러온 상수리나무 냄새로 젖은
초저녁의 깊음 속으로 여자는 스며든다
그늘과 어둠은 단지 시간의 거리
겉과 속도 한 걸음의 차이로 서 있다

정돈되지 않은 수풀 속에서
풀벌레 소리가 산자락의 고요를 늦추어 줄 때
초가을의 뜨거운 흔적을 우려낸 기름기처럼 노을이 깔리고
한낮의 잔상은 낮빛 고운 여자를 만든다

느슨해진 어둠은 살아가는 일에 서툰 여자를 위로하듯
빛으로 얽매였던 것들을 잠시 흩어 놓고
엎질러진 마음을 끌고 온 슬리퍼처럼 초연하게 한다

여자는 한 번쯤 모가지를 쳐들고
하늘을 깊게 바라볼 수 있어서 이 시간을 놓지 않는다
내려오는 발등에 익모초 한 모금처럼 쓴 일상이 기다린다 해도
잠시 헛발을 내디딘 것처럼
이 저녁의 가난한 바람 한 점으로 치유될 것이라는
터무니없는 믿음을 갖고 걷는 것이다

오늘도 여자는 하루를 견디기 위해
터진 석류처럼 고스란히 속을 열어 보이며 산책을 한다

2010년《매일신문》, 2014년《시인수첩》으로 등단. 시집『당신은 망을 보고 나는 청수박을 먹는다』가 있다. 한국문화예술위원회 창작지원금을 받았다.

토문재의 풍경 소리

송 소 영

바람이
뼛속을 스치는 날이었을까
사내는 아침부터 김치찌개를 끓였지
청양고추와 마늘을 잔뜩 넣고서

붉은 해가 바다로 순간 뚝 떨어지고
노을이 토문재 앞 하늘을 뒤덮는 저녁에는
툇마루에 앉아 어깨를 들먹이며
뱃속에 들어찬 매운 기운을 쿨룩쿨룩 한없이 토해 냈지

기와지붕 밑 처마에 들어앉은 풍경들은 그때마다
거친 바람을 불러내 몸을 자학하며 사내에게 소리쳤어

'산다는 건 다 그런 거야 그만 외로워 해
너만 그렇게 사는 게 아니라고. 우리도 줄곧,
서로 몸을 부딪치며 아프게 소리를 토해 내고 있어'

백두대간을 훌쩍 건너온 호랑이가 인추봉*을 스쳐 갔을까
귀 밝은 반려견 네 마리가 꼬리를 쳐들고 맹렬히 컹컹

짖는 그믐밤
눈 밝은 풍경들은 소스라치게 놀라 사정없이 뱅뱅 돌며 또 소리쳤지

'멍중머리 보았니?
고독한 호랑이를 보았니?
이제는 너도
사랑을 자르고 정을 자르고
네 귀향의 이야기를 끝없이 토해 낼 시간이야'

사내는 할 말을 잊은 채 기침만 쿨룩쿨룩, 그리고 생각했지
김치찌개를 끓이기에는 너무 이른 시각일까

정 깊은 그대여,
토문재의 내일은 소멸되지 않을지니…… 기다리시라

*땅끝마을 인송문학촌 토문재 뒷산 인추봉(멍중머리)은 범이 허리를 감싸고 있다고 전해진다.

2009년《문학 · 선》으로 등단. 시집『사랑의 존재』가 있다.

토문재에서

신 현 수

해남 송지면 땅끝마을
작가 창작 공간 '토문재'에서
새내기 입주자를 위한
환영회가 열렸네
한 달짜리 입주자 H 시인과
두 달짜리 입주자 L 소설가
그리고 '토문재' 촌장 박 시인의 고향 후배들,
송호마을 청년회장 부부,
읍내 철물점 사장 부부 등이 모여,
청년회장 어머니가 갯벌에서 캐 온
낙지 탕탕이를 안주로 술을 마셨네
딸 임신했을 때 염색체 이상 판정을 받아 고생한 얘기는
L 소설가가 했고,
딸이 무려 여덟 번이나 수술한 얘기는
철물점 사장 부부가 했고,
자식이 둘이나 지적 장애를 겪고 있는 얘기는
청년회장 부부가 했네
이 세상에서 가장 불행한 이들만
그날 토문재에 모였을 리는 없고,
무슨 말끝에 가슴 아린 얘기들이 나왔는지는 모르겠네

요즘 어머니 치매 간병 때문에 힘들다고
내가 먼저 시작했는지도 모르겠네
어머니 때문에 힘들다는 얘기는
다시는 하지 않기로 했네

1985년《시와 의식》으로 등단. 시집『서산가는 길』,『처음처럼』 등이 있고 산문집『스티커를 붙이며』가 있다. 저서로『선생님과 함께 읽는 한용운』,『시로 만나는 한국현대사』등이 있다.

송정리 마을

안 정 윤

구월이 데리고 온 해남 땅끝마을

석양이 물드는 아름다운 곳
저 멀리 보이는 바다 풍경
샛길 따라 내려가니
듬성듬성 배들만 있을 뿐
적막이 흘렀다

선착장 붉은 노을
아름답구나
동네 어귀에 돌아서니
밭길 뚝 위에 늙은 호박
조용히 앉아 있네

바닷물 빠진 자리
조개껍질로 가득
어디서 밀려왔는지
양파 한 개 살며시 건져
내 품에 가져왔네

길 위에서 사랑을 만나고
된장은 사랑으로 오고
어쩌나!
어쩌나!
귀한 된장 사랑으로 가득

2019년 《월간시》로 등단.

당신은 저녁이 몇 개 있나요
— 보길도에서

양소은

저녁은 당신의 섬 밖인가요 여기서
다시 당신을 점등해요
불꽃이 되려는 파도를
소라 귀에 대고 오래오래

해안의 발끝 따라 선과 선으로
저녁은 몽돌 소리를 짚어 가며 눈을 떴다 감아요
당신과 나 사이 이정표가 되는
해변의 꽃으로 흔들려요

불빛이 휘어질 때마다 섬의 표정을 따라
마음이 밀려갔다 되돌아와요
뜨거워질수록 서로를 부르는 섬이 있어
바다는 소리로 거대한 여름이 되지요

젖은 팔을 말리면 우리도 새가 될 수 있나요
당신 어깨에 내 손을 얹어 꿈처럼 날 수 없나요
나비는 일만 킬로를 이동한다고 하지요
몽돌의 심장으로 꿈틀거리는 바다
줄임표처럼 서로를 향해……

당신은 바다를 부유하는
천 개의 저녁이라 해도 될까요
항성과 항성 사이에 떠 있는 별자리처럼
섬을 부르는 저녁이 다시 시작하네요

2013년 《시와소금》으로 등단. 시집 『노랑부리물떼새가 지구 밖으로 난다』가 있다.

해남 가는 길

염 창 권

저 고요의 바다를 차마 어쩌지 못한다

질펀하게 흘려 버린 노을 다음으로 어둑해진 섬의 길을 비추는 불빛들, 어디로 흘러가고 또 자꾸만 새어 나오는지,

마음의 길 끝
그 너머에 바다의 남쪽이 있네

겹겹이 밀려오는 옛일의 거듭된 지나침, 밀려가다 되밀려오는 그 물이랑 속에 나는 무엇을 파묻고 왔던가, 저 어둑한 바다의 행간에 나의 무엇을 부려놓을 수 있을까,

너로부터 유배되어 온 땅의 끝,
그 길 너머에도
내 발길이 닿지 못하는 남쪽이 따로 있어

1990년 《동아일보》 시조, 1996년 《서울신문》 시 등단. 시집 『한밤의 우편취급소』, 『오후의 시차』 등이 있다. 중앙시조대상, 노산시조문학상 등을 수상했다.

해남 땅끝마을에서

이건청

땅끝마을 산등성이 토말비土末碑가
여기가 땅끝이라고,
대한민국의 땅끝이라고 일러 주고 있는데,
나는 아무래도 여기가 땅끝이 아니고,
여기서부터 대한민국 땅이
시작되는 거라는 생각이 든다.
여기, 해남 사람들이 버티고 서서
바닷물을 밀어내면서
땅을 넓히고 있다는 생각이 든다.
강진 다산초당도, 대흥사도 미황사도, 녹우정도,
아니, 목포 유달산 삼학도도,
광주 무등산도 함께 몰려와
해남 사람들한테
상상력과 감수성의 힘을 몰아주어
도처에 맑은 우물물로 고이게 하고,
하늘에 이내도 띄워 주면서
땅을 넓히고 있는 것이라는 생각이 든다.

여기가 땅끝이 아니고
땅이 시작되고 있는 것이란 생각이 든다.

1967년《한국일보》로 등단. 시집『실라캔스를 찾아서』,『곡마단 뒷마당엔 말이 한 마리 있었네』 등이 있다.

섬

이 근 영

파도와 또 파도를 넘으면
갈라졌다 다시 모이는 물살

팍팍하게 이어지는 뱃길에는 사람들이 두고 간 발자국
유월의 꽃처럼 자리를 잡는, 청산도

낯선 길의 절벽 위에서 바다로 돌을 던지는 위험한 당신들
서로의 이름으로 피곤이 투명해질 무렵
운동화와 발바닥 사이에서 아픔을 나누는 모래알

나는, 섬에서 길을 잃는다

노을처럼 붉은 구조 신호를 누르는 손가락
어지러움이 허리를 휘감을 때
뚜벅뚜벅 걸어오는 발자국 하나

어느 방향인가
처음,
서로의 낯선 안부를 묻는다

오늘 육지로 출항하는 배는 없습니다

2021년《시현실》로 등단.

제발 끝내라, 전쟁을

이 만 주

어느 쪽이 이기고 있는지, 지고 있는지
밀고 밀리는 전쟁이
지리하게 계속되고 있다

코로나 바이러스가 이제는
전쟁도 못 나게 할 것이라 해
불행 중 다행으로 여기며
그 말을 믿었는데

21세기 대명천지에 또다시 큰 전쟁

푸틴 말 들어 보면 푸틴이 옳은 것 같고
젤렌스키 말 들어 보면 젤렌스키가 옳은 것 같고

좌파 측 언론을 들으면
러시아가 이기고 있고
미국과 NATO는 전술과 전략을 모조리 바꿔야 할 것 같고

우파 측 언론을 들으면

우크라이나가 이기고 있고
러시아는 무기도, 경제도 거덜난 것 같고

수십 년째 듣는 판에 박은 듯한 음모론
미 CIA의 음모론, 군수 산업의 음모론
뒤에 유태인이 있다는 음모론

누구 주장이 옳든 그르든
그 와중에
문명이 파괴되고 있고
아이들과 민간인이 죽고 있다

또 군복 입었다고 젊은 군인들은 사람 아니냐?
수많은 젊은 병사들이 젊다는 이유로
영문도 모른 채
꽃잎 지는 것보다 더 허망하게 져버리는 전쟁

젊은이들이 죽어, 어느 한쪽이 승리해
"조국을 위해 꽃다운 청춘을 바쳤다"느니
하는 미사여구와 함께

정치 지도자와 장군들이 억지 축배를 들 때

그 그늘에선
죽은 젊은이의 연인이 눈물짓고
함께 죽는 아픔을 겪는 그 어머니는
평생을 마음의 유형지에서 살아야 한다

양국의 젊은 병사 모두 영문도 모른 채
그들 어머니의 심장을 쏘고 있는 무모한 짓거리

제발 이제 그만 전쟁을 끝내라

시집, 『다시 맺어야 할 사회계약』, 『삼겹살 애가哀歌』가 있다.

달의 속도

이서화

해남 송지면 대죽리에는
매일 한 시간씩 느려지는 달의 속도가 있다
달은 밤의 섬,
한낮의 달은 어디선가 숨어 있어
아무도 없는 한밤중에
열렸다 닫히기도 한다

등 굽은 할머니가
낡은 양동이를 들고 바지락을 캐러 나온다
할머니에게 물 들어오는 시간을 묻고
아니, 달까지 갔다 올 수 있냐고 물으면
아직 달은 먼 곳에 있다고 한다

반으로 갈라지는 바닷길에
바지락도 하루에 두 번 갈라지고
그 갈라지는 시간으로 먹고 산다
검은 달이 완두콩 갈라지듯
딱 반으로 갈라질 때가 있고
환한 쪽은 이곳의 밤
하늘에 떠 있고 검은 쪽 달은

어느 낯의 지명에 꽁꽁 숨어서
애꿎은 물이나 쩍쩍 갈라놓고 있을까

곧게 길이 난 바다의 등과 달리
바지락 등을 닮아 굽어 있는 할머니
하루에 두 번 갈라진다는 것을 배운
등이 굽는 시간이다

아직도 썰물과 밀물을 앓고 있는 여자와
더 이상 썰물을 앓지 않는 여자가
바다를 본다

2008년 《시로여는세상》으로 등단. 시집 『굴절을 읽다』, 『낮달이 허락도 없이』, 『날씨 하나를 샀다』가 있다.

폭설

이 윤 훈

사는 것, 새로울 것 없지
날마다 이불 속을 빠져나왔다 기어들고
지금도 어딘가에서 누군가 태어나고 누군가는 죽고

셰익스피어는 말했지
인생은 단지 걸어가는 그림자라고
맥베스의 이 대사가
그림자처럼 평생 나를 따라다녔어
그렇지, 우리는 의미 없는 말만 지껄이다 떠나는 가련한 배우들이지

그런데, 그런데 말이야
첫울음을 터뜨린 조카가 바로 오늘 새 삶을 시작하고
내가 앞으로 몇 번이나 더 이런 새하얀 날을 맞이할 수 있을지 모르지만
밤새 내린 눈이 아침 햇살에 눈부시고

그렇지, 새로울 것 없는 세상이지만 매일이 새날이지
아침에 눈을 뜬 기적의 날이지

폭설이 내렸다고 커피 한 잔에 내용도 없이 수다를 떠는 이런 날이 없으면
각별한 날이 없지

오늘은 오늘로 최고의 날이지

2002년 《조선일보》로 등단. 시집 『나를 사랑한다, 하지 마라』 등이 있다.

바다는 동요하지 않는다

이 재 무

벼랑에 부딪혀 깨어지는
포말 때문에 바다는 달라지지 않는다
어느 날 큐피드의 화살이
가슴을 관통한 것은 내 의지가 아니었지만
그날 이후 겪어야 했던 숱한 가슴앓이는
온전히 내 생이 지고 가야 할 짐이었다
사랑은 달콤한 미끼로 얼마나 많은
황홀한 고통을 안겨 주었던가
누구도 개체의 운명을 주관하는
무정한 실재의 의지를 거역할 수 없다
바다는 벼랑에 부서지는 파도에 동요하지 않는다.

1983년《삶의문학》으로 등단. 시집『온다던 사람은 오지 않고』,『슬픔에게 무릎을 꿇다』등이 있고 산문집『쉼표처럼 살고 싶다』가 있다. 유심작품상, 송수권시문학상, 풀꽃문학상, 소월시문학상 등을 수상했다.

대문을 여니 바람이 휘몰아친다

이정모

바람이 몸을 타는 늦가을에는
몸을 바람에 맡기며 헤매던 날이 생각난다

갈대 소리에
전화통이 몸살을 앓던 오후가 있었지

침이 말라 목구멍에 돋아나는 잔가시처럼
헤어지자던 그 말

바람기 아니냐고 소리 지르고 싶었던 날

아직도 모르는 바람의 뜻을
지구 끝까지 가서 물어볼까?

『달개비 보랏빛도 그리웠다』, 『까만 창틀의 선물』, 『나의 사랑 나의 어머니』를 출간했다. 아르코창작기금 수혜, 고마니시문학상, 향촌문학상을 수상했다.

풍경
— 토문재에서

이 정 화

오랜 기다림 끝에
마주한 땅끝마을 토문재,
잔잔한 바람이 앞마당에 가득하다

풍경風景은 정물화 속의
오브제처럼 그저 무심히
펼쳐진 줄로만 알았었는데

햇살이
처마 끝에 달린 풍경風磬에 부서지며
챙캉챙캉 소리를 낸다

햇살에 부딪힌 풍경風磬은
황금 물고기가 되어
가을 하늘을 헤엄쳐 다닌다

황금 물고기가 햇살을 물어다
툇마루에 앉아 있는
내게 얹어 놓고 간다

햇살이
내 고단한 무르팍을 감싸 안으며
토닥여 준다, 다 괜찮아질 거라고

바람은 보았다
햇살이 어떻게 풍경風磬과 만나는지
그 조그마한 풍경風磬이 어떻게
잔혹하고 아름다운 풍경風景이 되는 건지

바람은 또 안다
햇살도 제 몸이 부서지면
소리를 낼 수 있다는 걸

2013년 《심상》, 2014년 《월간문학》으로 등단. 시집 『각시붓꽃처럼 터져 나오는』이 있다.

시인의 엄마

이 종 암

입 주변까지 번진 대상 포진으로 고생하는
여든일곱의 우리 엄마, 손순연
37도 무더위에도 지치지 않고 꼿꼿하다

오랜만에 안부 전화를 드리니
"우리 선상님, 어데 멀리 외국 나가셨든게?"
이리 무더운데 요새 뭘 드시느냐 하니
"내사 하늘의 별 따다 안 묵는 게." 하신다

면구스러움에 앞서, 그것참!
초등학교도 못 나와 한글도 모르는 분이
외국 유람은 어찌 알고
하늘의 별 따다 먹는 것은 또 어찌 알까?

시인이랍시고 까불락 대는
헐거워진 내 언어가 다시 탱탱해진다

2000년 『물이 살다 간 자리』를 출간하며 작품 활동을 시작했다.
시집 『물이 살다 간 자리』, 『저, 쉼표들』, 『몸꽃』이 있다.

그 섬의 동백
— 보길도

이채민

은하의 그리움을 움켜쥐고

미동도 없는

긴 기다림에

홀로 부대끼다가

달빛 허리에서 흘러내린

하얀 치맛자락에

붉은 울음이 되어

방울방울

떨어져 있더라

2004년 《미네르바》로 등단. 시집 『빛의 뿌리』, 『오답으로 출렁이는 저 무성함』, 『까마득한 연인들』이 있다. 미네르바문학상 서정주문학상 김달진문학상 젊은시인상을 수상했다.

나는 공이 되어가고 있다

이 향

어느 방향에선가 공이 날아왔다

갑자기 온 공을 굴리며
봄을 기다렸는데 여름이 왔다

여름을 들고
봄을 굴리는 일

여름이 무릎 위로 자라자
당신은 모두 초록이 되었다

언제부터 어긋나게 되었을까 우리는

바다 앞에서 바다를 놓친 사람처럼
바다 한가운데 떠 있으면서 섬이 되고 싶은 사람처럼

창밖을 바라보는 개의 뒷모습이 자주 떠올랐다

탁자의 모서리가 젖고
물컵은 갈증에 말라가는데

여름 풀에 손가락을 베이면서도
봄을 기다렸다

공은 무슨 생각을 굴리고 있을까

기다리는 것밖에 모르는 것처럼
기다리면 공이 되기라도 할 것처럼

이리저리 공이 나를 굴리고 있다

봄을 기다렸는데 여름이 왔다

공은 점점 시들해지고

여름도 바람이 빠지고 있지만

언제부터 모르게 되었을까

아직도 봄을 믿으며

무작정 공이 되어가고 있다

2002년 《매일신문》으로 등단. 시집 『희다』, 『침묵이 침묵에게』가 있다.

세상의 모든 매화

이 현 수

보이나요
들리나요
느끼나요

엄동설한 푸르게 트는 움

동틀 무렵
초계 비행에 나선 전투기 편대처럼
둘 둘 셋, 셋 둘 하나, 넷 둘 하나

그토록 여린 싹 밀어 올리는 데는
우렁찬 구령 소리 감추어졌다는 것을요

보이나요
들리나요
느끼나요

난분분 계통도 없이 지는 매화
사실 구령에 맞춰 체계적으로 피었다 지는 것을요
꽃봉오리 속에 아무도 모르는 씨앗 하나 숨어 있단 것

을요
꽃의 처음은 그토록 떫은 움이었단 것을요
강한 힘은 물렁물렁하고 흐물흐물하고 낮고 여린 것들 속에 깃들어 있단 사실요

아하
그래서 비행기 동체는 직선이 아니라 곡선이구나
구부러져야만 하늘 길이 열리는구나

차디찬 벌판에서
무서리와 눈을 너끈히 견디는 매화
처음은 이토록 여린 움이었구나

비행기 지나간 자리
흰 선으로 자국 남듯
한 사람의 자취도 입안에 고스란히 남는다는 것을요

처음은 이토록 흐물흐물하고 물렁물렁하게
마지막엔 그토록 단단하고 치열하게
시시각각 다르게 보이는 한 송이 매화처럼

1997년 《문학동네》로 등단. 장편 소설 『길갓집 여자』, 『신 기생뎐』, 『나홀』 등이 있다. 무영문학상, 한무숙문학상, 송순문학상을 수상했다.

졸업생

임원묵

이미 졸업해 버린 학교를
괜히 찾아와 걷고 있다고
꼭 추억에 잠긴 건 아니에요

잠든 새 주인이 바뀐 개의
낑낑거리는 소리, 그런 걸
추억이라 할 수 있나요

쉰 목소리로 바닥에 엎드린
개의 배를 뒤집어 봐요
어디 예쁜 구석이 있나

아름다운 시절을 살았다고
내가 아름다운 건 아니죠

여기서부터는
관계자 외 출입 금지라는데
어차피 거기까지는
들어갈 생각이 없었어요

이쯤에서 배운 대로
왜, 라고 묻거든요
왜 슬픈지 생각하다 보면
더는 슬플 수 없게 돼요

2022년 《시작》을 통해 등단.

도솔암

장 이 엽

해남 달마산 도솔암은
절벽 끝에 앉아 있는
한 칸 절집
화엄의 말씀 기와로 쌓아 올린
거기 아주 작은 마당에 서면
남해 바다 한눈에 품는다더라

오너라 오너라 부름이 들렸던가
수억만의 돌부처가 발밑에서 합장한다
가진 것과 못 가진 것
별것 아닐진대
우락부락한 능선 바위 같은 심정은
언제 성불하려는가

일찍 솟은 흰 달에 시름 엮어 등짐 지고
허우적허우적 올라섰는데
절 문이 활짝 열려 있다
도망치다 돌아가는 것도 일상다반사
발그레 물든 수평선 위에 멀겋게
섬이 된 나

아무것도 묻지 않고
담뿍 안아 주신다

신우대 두 줄기가 서로 부딪히며
마두금 소리로 울었다

2009년 《애지》로 등단. 시집 『삐뚤어질 테다』가 있다. 한국문화예술위원회 문학분야 차세대예술인(AYAF)선정, 창작지원금을 받았다.

토문재의 앞바다

장인무

바다에는
작은 섬들이 푸른 꽃처럼 둥 둥 떠 있다

새벽안개가
하얀 거품 바다를 번쩍 안아다가
황토 집 앞마당에 내려놓는다

젖빛 안개가 걷히고
기와지붕에 햇살이 기웃거리면
뒷산에 청솔 바람이 문고리를 흔든다

서간에 묶고 있던 문장들이 걸어 나와
툇마루에 걸터앉아 넋두리를 풀어 놓는다

청마늘 향기가 코를 찔러서 한 잠을 못 잤다는 둥
휘영청 달이 너무 밝아 잠을 설쳤다는 둥
사근사근 문풍지 소리에 반쯤 앉아서 샜다는 둥

노을을 지피던 바다가 은빛 비늘을 반짝이고
뱃머리에 바닷새들이 해초 숲으로 몸을 눕힐 즘

처마 밑에 사내는 흰쌀밥을 지으며 방방마다 숟가락을 나누어 준다

오늘을 앓다가는 나그네가 아예, 신발을 벗고 드러누워 몸살을 앓는다

시집 『물들다』, 『오늘 못 보면 너무 오래 못 볼 것 같아 달려 왔습니다』, 『달빛에 물든 꽃잎은 시들지 않는다』가 있다. 등룡문학상을 수상했다.

길의 끝

정 덕 재

길 위에서 걸음을 멈추면
따라오던 발자국이 소란스럽다
보폭이 넓어지면 힘겹고
보폭이 빨라지면 당황스럽다
더 이상 갈 수 없는 육지의 끝에서
바닷길을 헤아리는 사내 하나가
열 길 물속과
한 길 사람 속을 살핀다

길 위에서 뒤돌아서면
소란스러운 발자국이 흩어지며
부끄러운 흔적을 지워 나간다
길 위에 남아 있는 건
흐려지는 상흔
바람 불어도 쓸려가지 않는 건
퇴적층으로 쌓인 시간
길의 끝에서 걸어갈 길을 찾는다

1993년 《경향신문》으로 등단, 시집 『비데의 꿈은 분수다 』, 『새벽안개를 파는 편의점』, 『나는 고딩아빠다』 등이 있다.

산딸기는 떨어져도 그만

조명희

해거름의 시골길이 휜다

집으로 가려던 햇살이 멈추어 잎새를 들추던 바람이 발부리에 걸려 산딸기 따던 손을 뒤로한다
밭에서 일하는 할머니를 본다

따먹어도 돼요?
둔덕 것이 주인 있간디

둔덕이라는 말이
만지면 물컹 짓무르는 산딸기 같아 조심스레 밭둑을 넘는다

몇 알을 건네받는 할머니
손가락 마디마다 마늘 육 쪽이 옹골지게 들어앉았다

마늘 맛인지 산딸기 맛인지 우물거리기나 한 건지 다시 땅에 달라붙어 마늘을 뽑는다 뽑힌 자리 엉덩이 받침을 눌러 다독이며 나가고

흙에서 멀어져
남의 손 빌리지 않고 익을 줄 아는 산딸기는 손 타지 않고도 줄줄이 떨어지는데

이노무 것은 손 안 거치고 입으로 가는 것이 있어야제
근동의 모든 별이 할머니에게 내려앉는다

산때왈은 천지에 쌔부렀고 명아주 줄기 고랑에 꼿꼿하다 할머니는 이랑에서 허리가 휜다

덜 여문 마늘 대 몇 개 남겨졌다

2012년《시사사》로 등단. 시집『껌 좀 씹을까』가 있다. 아르코문학창작기금 수혜, 상춘문학상을 수상했다.

금쇄동을 기억함

조 용 미

텅 빈 원형 공간 앞에 우두커니 서 있다 양몽와 회심당 교의재 연지 불훤료를 천천히 다 밟아 본다 기와 조각을 쓰다듬어 본다

소사나무 좁은 숲길로 어둑어둑 빨려 들어갔다 외로운 산처럼 나도 여기서 저 아래를 내려다보고 싶었다

소사나무가 만든 한낮의 어둠은 금쇄동의 또 다른 신비

낭떠러지 바위에 쌓아 올렸다는 휘수정은 저 아래, 풀숲 우거져 길이 어딘지 보이지 않는다

저기쯤일까

컴컴한 숲 한가운데가 갑자기 밝아지고 빛에 휩쓸린 곳을 만났는데

빛이 내려온 자리인지 물이 지나간 자린지 푸른 기운이 불쑥 솟아난 곳인지 뿌옇고 밝은 빛 아래

풀들이 한 잎 한 잎 모두 살아 번쩍인다

하늘이 뚫린 곳에 기이한 빛이 긴 풀잎들 위로 쏟아져 내리고 풀잎들은

모두 한 방향으로 돌진하듯 내게로 다가왔는데 주위는 시퍼렇게 어두웠는데

홀현홀몰, 문득 나타났다 문득 없어졌다, 순간 그가 한 말을 떠올리지 않았더라면 신비한 빛은 사라지지 않았을까

이런 장소를 만나게 되면 옛사람처럼 나날이 아름다워질 수 있을까 휘수정터는 오늘 찾지 않으려 한다 여기서 멈춘다

1990년 『한길문학』으로 등단. 시집 『불안은 영혼을 잠식한다』, 『일만 마리 물고기가 산을 날아오르다』 등이 있다. 김달진문학상, 김준성문학상, 고산문학대상, 목월문학상을 수상했다.

맴섬횟집에서

조창환

해남 땅끝마을
선착장 가까운 맴섬횟집에 앉아
바다 바라보다 물새 바라보다
밀물에 가라앉는 맑은 고요 바라본다
파도 위엔 물비늘, 흰 그늘 가득하고
물새 날아다닌 길에 낮 안개 스러진다
반짝이는 햇살과 자욱한 침묵
개양귀비 밭에 노니는 흰나비 같다
앞바다의 작은 섬, 매미처럼 생겨 맴섬이라던데
매미 소린 들리지 않고 나비 떼만 가득하다

1973년 『현대시학』으로 등단. 시집 『나비와 은하』, 『저 눈빛, 헛것을 만난』, 『허공으로의 도약』 등이 있다. 박인환상, 편운문학상, 한국시협상 등을 수상했다.

연꽃

한 영 숙

세상의 굳은살 박인 수만 개 울타리를 지나 촉수 낮은 붉은 전구가 젖 물리는 어머니
방. 그 어린 시절 감자 머리통만 한 가난들이 양말 뒤꿈치로 등 떠밀려도 꼴깍꼴깍 안온의
경이를 삼키는, 한삼매 젖은 눈빛과 눈빛 사이 연등이 하늘하늘 흘러가던 그 방.

2004년 《문학 선》으로 등단. 시집 《푸른 눈》 등이 있다. 발견작품상 등을 수상했다.

봄을 캐다

한영옥

삼월 초순 토문재 옆 텃밭
아낙네 냉이를 캐고
꽃잎 꼬물꼬물 봄이 가려는가

가는 봄 아쉬워
그 밭에 머문다
"냉이 좀 캐도 될까요"

함께한 시인과 산 오르다
한 움큼 얻어 쥔 냉이
송정실 방에 드니 봄이 가득하네

밀가루에 냉이 넣고
부침질해 봄 삼키니
해남 땅끝 막걸리 한 잔
아쉬움 달래고

휘영청 붉그레한 얼굴
웃음꽃 피우니
함께한 문학촌에서의 여운

마음에 등불 되어 흐르네.

2009년 《에세이스트》로 등단.

인송문학촌 토문재 가는 길

홍 보 영

해남 뻐쓰 역에서 땅끝행 뻐쓰를 타고 푸른 햇살 속에 한없이 펼쳐진 꽃구름 익을 듯 말 듯 노란 벼 이삭 고개를 숙이고 시골 동네
까만 빨강 파랑 지붕 속에서 엄마가 버선발로 뛰어나올 것 같은 땅끝마을
인송문학촌 가는 길 뻐쓰 속에서 창밖에 서 있는 간판들
바닷물 함초롱, 무화과 그늘 아래, 비 오는 날에 무르익는 벼 이삭, 간판들이다~ 시~ 다
낡은 집 처마엔 주둥이 노란 제비 새끼들이 짹짹거리며 얼굴 내민다

시를 토해 내는 토문재 가는 길 뻐쓰 창밖엔 꽃구름처럼
가는 여인네,
간판을 보니, 빈 마음에 시상이 뭉클 떠오른다

송종리 마을 회관 앞에 내리니 길 건너
인송문학촌 까만 기와지붕이 대궐인 양 딱 서 있는 모습이 고품이다

대문에 들어서니 풍광이 확 트인 바다

앞마당엔 토순이와
토돌이가 같이 누워 낮잠을 잔다 무궁화 꽃도 피어 있고 흐뭇한 마음

토방에 올라서니 트인 바다가 너울춤을 추고
내 입에서
어부사시사가 튀어나온다 맨발을 벗고 밭고랑을 지나 치마 둘둘 말아 올리고 바다 모래사장으로 직진, 소라, 게들이 놀라고~ 놀란 소라, 게, 내 치마에 가득 잡고 나오니,
마을 이장님 여기 문학촌 오셨소~? 네~ 하니
밥 잡숩고 가소 지금 막 마늘 심고 늦은 새참 중이요~ 밭고랑에 쭉 펴 논
상추, 고추, 된장, 보리밥, 호기심에 덥썩 앉아 얻어먹는 보리밥이 꿀맛
토문재 마을은 정겹고, 바다도 트이고, 해풍 바람도 둥실한 곳
저녁때 붉은 노을 속에 세파에 타들어 간
내 속마음 다 태워 버릴까?
지치고 힘든 비좁은 내 마음 한옥의 정기와

소나무의 기운 가득한 엄마 품처럼 따뜻한
토문재에 나 오늘 안겨졌다
달밤에 정자에 나와 달과 함께 강건하고 올곧은 시를 토해 내야지
토문재에 풍덩 빠진
내 마음 풍요롭다
세연정에서 시 쓰신
윤신도 선생님 부럽지 않네 해남으로 와요~!
토문재로와요~!
~시 ~상 퐁퐁 올라오는 땅끝 인송문학촌 사람 냄새,
흙냄새, 기와, 바다 내음,
참 좋다

2014년《문학시대》로 등단. 시집『엘리사벳의 기도』, 『군이 말하라 하면』이 있다.

색

홍일표

미황사 대웅보전이 단청을 맑게 씻어 냈다
색의 해탈 같다

늙은 나무의
눈부신 유골

색 너머를 정독하면서
조금씩 색을 건너왔다

나무가 잡고 있던 색의 행방을 두리번거린다
색 바깥으로 나가 어디에 머무는지
색색의 감정들은 어디로 흩어졌는지

경내를 오가는 사람들 발자국 소리에 깨어나는 색이 있다

홍매로 건너간 색은 죄 없이 얼굴을 붉히고
담장 옆 배꽃으로 옮겨 간 흰색은 가장 비슷하게 죽음을 닮아간다

마음을 지운 뒷산 바위처럼
대웅보전의 맑은 뼈가 희게 빛나는 오후

멀리 달마산 기암괴석이 색의 행로를 내려다본다
색이 오가는 길이 조금 더 환해진다

1992년 《경향신문》으로 등단. 시집 『매혹의 지도』, 『밀서』 등이 있고 청소년 시집 『우리는 어딨지?』, 평설집 『흘림의 풍경들』, 산문집 『사물어 사전』 등이 있다. 지리산문학상, '올해의 좋은 시'를 수상했다.

4

Chapter

#

Essay

인송문학촌 토문재의 입주 작가들

토문재에서 보내는 편지

— 인송문학촌에서 보낸 날들을 추억하며

김대갑

지난 10월 1일, 저는 해남군 송지면 송호리에 위치한 인송문학촌 토문재에 한 달간 레지던스 작가로 입주했습니다. 부산에서 근 다섯 시간 정도 걸려 도착한 토문재는 해남 땅끝마을과 인접한 곳에 있어 풍광이 아주 좋더군요. 뒷산엔 인추봉이 있고 도솔암이라는 작은 암자도 있는 곳이었습니다. 땅끝마을로 이어지는 산책로를 걸으면 송호해수욕장을 만나기도 하죠.

토문재 맞은편에는 송종마을이라는 작은 어촌이 있습니다. 마을의 고샅길에는 감나무와 키 작은 사과나무가 담벼락을 넘어 길손을 반깁니다. 해가 질 무렵, 석양과 만난 마을의 풍경이 무척 아름답더군요. 석 달 전, 다리 사고로 인해 잘 걷지 못해 전기 자전거를 차에 싣고 왔었습니다. 시원한 바람을 맞으며 국도를 주행하니 상쾌한 기분이 절로 나더군요.

시인이자 작가인 박병두 선생께서 사재를 털어 만든 인송문학촌 토문재는 전통 한옥으로 지어진 터라 무척 고즈넉한 분위기를 자아냅니다. 풍경 소리 그윽한 가운데 조용한 집필실에 앉아 독서와 글을 쓰고, 멀리 바다가 보이는 인송정에서 사색에 잠기기도 합니다.

아무 생각 없이 글만 쓰고 싶은 생각에 찾아온 토문재. 반도의 땅끝에서 저는 오랜만에 사색과 독서, 집필의 시간을 가졌습니다. 집필 중 짬짬이 잠시간의 산책으로 만난 송호해수욕장의 모래밭은 그지없이 부드럽고 석양은 수평선 너머로 유적하게 선을 긋더군요.

저를 포함해서 총 4명의 작가가 그놈의 글에 대한 미련 때문에 작은 집필실에 웅크리고 있었습니다. 두 분은 시인이고, 저와 다른 분이 소설가였죠. 작년에 갔던 횡성의 예버덩 문학의 집과는 또 다른 분위기입니다. 그쪽은 숲속 오지였고, 그곳은 한적한 바닷가였습니다.

해남 인송문학촌 토문재에서 송지면사무소 쪽으로 가다 보면 중리마을과 대죽리마을을 만나게 됩니다. 두 마을 다 조용하고 한적한 어촌이라 창작의 시간 중 짬짬이 산책하기에 좋은 곳입니다. 거의 사람이 보이지 않는 고적한 곳에서 사운 거리는 바람을 맞으며 해변가를 걷노라면 절로 머리가 맑아집니다. 유현 미풍幽玄微風이라고 했던가요? 그윽하면서도 작은 바람이 상쾌하게 몸을 적셔옵니다.

오후 2시쯤 되었을까요? 서서히 바닷물이 반으로 갈리면서 해저의 길이 나타났습니다. 누군가는 이걸 노둣길이라고도 하더군요. 대죽리에서 보이는 섬이 죽도이고, 중리에서 보이는 섬은 중도입니다. 두 섬 다 하루에 두 번 바닷길이 열리죠.

저는 먼저 대죽리에서 노둣길을 걸어 보았습니다. 바닥에는 각종 패류 껍데기들이 널려 있어 제법 걷기가 어렵지만 그리 어려운 길도 아니었습니다. 마을 아낙네들이 호미와 바구니를 들고 낙지를 잡고 있더군요. 그 생생한 삶의 현장이 이채로웠습니다.

한 이십 분 걸었을까요? 마침내 죽도에 도착했습니다. 걸어갈 때는 언제 바닷물이 들이닥칠지도 모른다는 불안감이 있었지만 막상 섬에 도착하니 안심이 되더군요. 바닷물이 들어오려면 두 시간이나 남았기에 느긋한 마음으로 방금 내가 걸어온 길을 하염없이 바라봅니다.

늘 코발트 블루의 바다 너머로 바라보던 섬이었습니다. 그곳에 걸어서 도착하다니! 신비한 기분이 절로 들더군요. 바람이 제법 불었지만 갯내음 가득한 향에 몸과 마음이 옥색 구름 사이로 날아갑니다.

다시 걸음을 옮겨 중리마을에 도착했습니다. 역시 멀리 보이는 죽도라는 섬이 육지와 연결되어 있습니다. 은모래 빛 해변가에 그저 고요만이 흐릅니다. 맑은 언어들이 절로 튀어나와 시가 되고 소설이 될 것만 같습니다. 좋다는 말로 표현하기에는 부족해서 자연의 경이로

움에 그저 말없이 감탄만 합니다. 그리고 초라한 인간의 모습에 새삼 부끄러움을 느낍니다.

인송문학촌 토문재에 입주한 지도 20일을 훌쩍 넘긴 날. 한 달이라는 기간이 길면 길고 짧으면 짧은데 벌써 이십 일이 지났다니 참 시간이 빨리도 흘러가더군요. 창작의 와중에 저는 산책을 자주 갔습니다. 마음의 여유가 제법 생겨 카메라를 들고 여기저기 촬영하는 재미가 제법 쏠쏠했습니다. 특히 창작촌과 가까운 중리마을과 대죽리마을, 송호마을과 송호해변, 길 건너 송종마을을 프레임에 자주 담았습니다.

본격적인 가을철이었죠. 빠알갛게 감이 익어 가고 풋고추가 짱짱한 태양 아래 농홍한 몸매로 변신하는 걸 지켜보았습니다. 자연산 갓이 지천으로 자라고 있고, 연초록 배추가 둥글게 제 몸을 시위하더군요. 덩굴들이 돌담장을 칭칭 동여매고 대나무 사이로 환한 빛이 비쳤습니다.

한적한 어촌의 평화로운 풍경이 이채로웠습니다. 페트병으로 바람개비를 만든 재치가 돋보이고 녹슨 우체통이 해풍과 비바람의 흔적을 잘도 보여 주었습니다. 어디 그뿐인가요? 시멘트 담장의 사각형 프레임 안에 가을이 영글어가고 있었습니다. 열린 바닷길에서 아낙네가 어리굴젓을 만들기 위해 열심히 자연산 굴을 따고 있더군요.

서쪽 하늘 위로 멀리 태양이 떨어지더군요. 수줍은 듯

미소 지으며 구름 사이로 붉은 혀를 속삭였습니다. 바람과 파도 앞에서 작은 조각배는 미동도 하지 않고 앉아 있었습니다. 주인이 다시 자기를 저 만경창파 너른 곳으로 데려다주기를 바라는 걸까요? 산책을 끝내고 오니 문학촌의 풍경 소리는 여전히 그윽하더군요. 태양은 내일 다시 문학촌과 어촌 마을에 환한 빛을 내리겠지요.

집필과 산책을 하면서, 혹은 해남의 유명 관광지도 돌아다니다 보니 어느새 해남에서의 모든 인연을 소담스럽게 간직해야 할 날이 오더군요. 길지도 않았던 지난 한 달간, 참으로 수많은 인연의 늪에서 많은 사람을 만나고 많은 것들을 생각하고 많은 것들을 그리워하게 되었습니다.

마지막으로 저는 반도의 땅끝을 찾았습니다. 한반도 최남단, 육지로서는 가장 남쪽에 있는 곳, 그리고 바다와 마주하는 땅의 끝. 땅끝마을은 고요함이 있었습니다. 수만 년 전에도 이곳엔 인연들이 있었고 삶이 있었습니다. 그 땅의 끝에서 처연하게 살았던, 혹은 강왕하게 살았던 사람들의 흔적이 있었습니다. 토문재 창작촌에 자리를 잡고 수많은 글들을 만들고, 구상하고, 기획을 잡았습니다. 어찌어찌하여 단편 소설 하나도 탈고했군요. 그 많은 글들의 인연을 뒤로하고 저는 해남과 토문재를 떠나게 되었습니다.

제 딸이 해남에 아빠를 보러 왔더랬습니다. 그 애를 데리고 몇 군데를 들렀지요. 중리마을의 노둣길도 함께 걸어가고 송호해수욕장의 석양도 함께 보고. 먼 후일, 제 딸도 해남의 추억을 고이 간직하겠지요. 어란진항구로 가는 길에 만난 오래된 버스 정류장이 이채로웠습니다. 오고 가는 사람들의 소중한 인연이 모이는 곳. 그 인연의 늪에서 다시 사람들은 삶을 이어가고 내일을 생각합니다.

부산에 도착한 저는 그동안 쌓인 글 빚을 풀어야겠지요. 토문재의 밤은 지금도 고요할 것이고 앞으로도 고요할 것입니다. 많은 글쟁이들의 인연이 소중히 쌓이는 곳, 토문재의 추억이 새롭습니다.

2021년 《불교신문》으로 등단. 단편 소설집 『프러시안 블루』가 있다.

땅끝 천년 숲길 걷다
— 토문재 엽서 · 3

김 민 재

송종마을 인송 문학촌 토문재에서 땅끝마을까지 걷는다. 스페인의 작가 페데리코 가르시아 로르카 『인상과 풍경』은 '세상의 모든 사물들이 어떻게 쓸쓸한 색채를 띠며 우울한 풍경으로 변해 가는지 보게 될 것'이라는 서문으로 시작하는 스페인 남부의 기행문 이전 내면의 여행기다.

영혼의 깊은 늪 속에 잠들어 있는 그것들을 찾아서 깨우지 못하고 있는 나도 이런 글을 쓸 수 있었으면 하는 꿈을 꾸어 본다. 세상 사물들을 모두 다르게 보며 로르카처럼 시적인 언어를 표현할 수는 없지만 오늘은 나만의 언어로 풍경을 그리러 간다.

도로변 칸나 타오르는 불꽃처럼 빨갛게 웃는 아침. 옥수수수염이 길을 내고, 바다가 들려주는 서정시편에 풀잎들 출렁인다. 자동차들 싱싱 날고 있다. 그 속도의 빠름에 한없이 느린 내 발걸음은 살짝 땅끝 황토나라 테마촌으로 들어섰다. 생태수변공원, 음악 분수대 등 휴식 공간과 캠핑장이 있으나 묵직한 침묵이 흐를 뿐, 황토문화체험센터 옆 계단을 내려오니 그물망들 어선의 고백에도 바다로 나갈 의향이 없는 듯 부표들 옆구리에 끼고 켜켜이 쌓여 있다.

전라남도 기념물 142호로 지정된 수령 깊은 해송림 모래사장과 곡선을 이루고 있는 송호해변에는 최지훈, 지대영 모래 조각가의 모래 조각품 해변의 아침 한상이 눈과 마음을 풍성하게 채워 준다. 코로나 이전에는 모래 조각품이 많았다고 하는데 올해는 한 작품만이 해변을 지키고 있다.

'예술가의 사상과 철학의 의도를 제대로 드러내기 위해서는 장식적 요소가 필요하다.'고 로르카는 말한다. 단백하고 깔끔한 이 조각품에서 어떤 장식적 요소의 의미를 찾을 수 있을까? 무의미한 것 같아 접어 둔다.

해변의 끝 두 갈림길 왼쪽 눈동자는 버스가 달리게 버려두고, 오른쪽 눈망울로 서해랑 길의 일부인 '땅끝 꿈

길'의 시작 갈산마을 지난다. 바다에는 전복 양식장이 고추밭에서는 햇빛에 취한 노부부가 붉은 고추와 함께 익어 가고 있다. 노부부의 '함께'는 그 어떤 풍경보다 아름답다.

앞만 보고 걷는 구부러진 숲길은 쓸쓸한 정적 속으로 옷깃을 스치는 나뭇잎 소리와 새소리뿐. 내 그림자는 주변의 침묵이 불안한지 자꾸 흔들리고 그런 나를 바람은 부드럽게 어루만져 준다.

해안 초소를 위한 길이었다는 갈산의 오솔길은 동백나무숲과 후박나무 울울창창 해남 최대의 난대림 군락지라고 한다. 곡선의 해안선 따라 끝없이 데크로 이어지는 길 중간중간 석탄 광맥 이야기 속 물무청 쉼터, 사자포구 쉼터, 댈기미 쉼터, 달뜬봉 쉼터, 학도래지 쉼터, 당할머니 쉼터, 사자끝샘 쉼터까지 숨 가쁘게 땅끝 탑 왔다.

우리나라의 위도상 북위 34도 17분 32초 국토 순례의 시발점 백두대간의 시작이자 끝인 땅끝 탑은 공사 안내판이 줄 긋고 있다. 가까이 다가서지 못한 아쉬움을 소나무 갈피에 끼워 두고 갈두산 사자봉 전망대 오르는 모노 레일 외줄 타기 한다.

전망대에서 바라보는 섬과 섬 사이로 견학 온 학생들 소란스럽다. "선생님! 어디가 어딘지 모르겠어요." "그래, 거기가 거기고, 여기가 여기야." 선생님의 답변에 웃음 한 줌 시간의 잔해들이 뭉뚱뭉뚱 쌓여 있는 봉수대 돌탑 위에 올려놓고 바람도 맛있다는 땅끝(갈두)항으로 향한다.

땅끝항 선착장 서로 닮은 듯 닮지 않은 맴섬은 2월 중순과 10월 하순 경 일 년에 두 번 바위섬 가운데로 해가 뜬다. 시는 쓰지 못하고 자꾸 엉뚱한 길로 가고 있는 나를 대변하는 듯 노화도 오가는 배로 떴다.

바다를 매립하여 공원을 만들었다는 희망공원 정자에 앉아 바다 멍 잠시, 막 들어온 작은 어선에서 갓 잡은 은빛 풀치와 잡어들 파닥파닥 울음을 꺼내고 웃음을 집어넣는 어부의 손길이 부산하다.

오늘의 기분 풀치 옆 살포시 누워 천년의 숲길 걸어온 만큼의 길이를 잰다. 도로변 갓길에서 그물망 손질하는 어르신들. 아무도 읽어 주지 않는 어르신들의 굽은 등과 어깨 위로 햇살이 내려앉고 바닷바람 지나간다.

누구도 읽어 주지 않지만 묵묵히 삶의 갈피를 넘기는 모습 바라보다 누구도 읽어 주지 않는 문장이라도 나에게 위로가 된다면 볼펜 끝 낱말들 사랑하리라.

시집 『꿈꾸는 불』, 『식빵의 상처』, 『발틱에 귀 기울이다』가 있다.

일기 쓰는 80대 어머니

김 이 정

일 때문에 지방에 다녀온 늦은 밤, 현관문 밖에 택배 상자 두 개가 포개져 있었다. 일단 집 안으로 들여 놓고 보니 고구마 상자였다. 그제야 낮에 고구마 택배가 온다는 문자를 받았던 생각이 나서 발송인을 살폈다. 이모가 사는 지역인데 발송인 이름이 낯설었다. 시골에서 농사짓는 이모와 외삼촌들이 가끔 언질도 없이 사과나 딸기, 머우와 콩, 깨 등을 보내 주기도 했다. 그런데 엄마가 며칠 전 이모와 통화에서도 그런 말 없었다며, 이모네는 고구마 농사를 짓지 않을 거라고 확신에 차서 말했다. 그도 그럴 법하다, 딸기 농사를 많이 짓는 이모가 고구마까지 할 여력은 없어 보였다. 아, ** 엄마 아니니? 작년에도 보내 줬잖아. 그제야 나는 친구의 엄마가 혼자 그곳에 사신다는 게 생각났다. 노인 혼자라 무거운 걸

들고 택배 보내러 가기 어렵다는 이야기를 들은 터라 차마 그분이란 생각을 못 한 탓이었다. 택배 상자의 낯선 이름은 친구 어머님의 성함이었다. 누구 엄마로만 알고 있던 어머님의 이름을 처음 보았다. 중성적인 이름이 그분에게 딱 어울렸다.

고구마는 딱 먹기 좋을 만한 크기에 자홍색 색깔이 깨끗하고 선명했다. 유난히 고구마를 좋아하는 나는 바로 몇 개를 씻어 불 위에 올렸다. 맛있는 밤고구마였다. 한 입 베어 물다 말고 가슴이 꽉 막혔다. 70이 다 된 연세에 낯선 시골로 내려가 혼자 농사를 짓기 시작한 친구 어머님의 얼굴이 떠올랐다. 밭농사가 많은 동네에다 집이 드문드문 떨어진 그곳은 평생 도시에서 일하시던 어머님에겐 낯선 곳이었다. 타지 사람에 대한 경계와 텃세도 있어서 정착이 쉽지 않았다고 했다. 그럼에도 불구하고 그곳으로 간 지 17년이 넘는 세월 동안 집 앞뒤의 밭에 정성껏 농사지어 해마다 풍성한 가을걷이를 한다고 전해 들었다. 연세도 있는데 시골에서 혼자 계시는 게 마음에 걸리는 자식들은 하루가 멀다 하고 그들이 사는 도시로 올라오시라 해도 어머님은 꿈쩍도 않고 혼자 지내신다. 허리가 아파 거의 기다시피 밭이랑을 일구고 고구마를 캐면서도.

“아이고 난 도시 가면 답답해서 못 살아. 여긴 외롭긴 해도 바람이라도 쐬고 할 일이라도 있으니 내 몸 움직일 수 있는 한 여기서 사는 게 좋아. 애들이 자식들 욕먹는다 하는데 그건 욕할 일이 아니야. 내가 살기 좋은 곳이 최고지, 꼭 자식들하고 같이 살아야 되는 건 아니잖여."

다음날에야 통화가 된 어머님 말씀이었다. 친구 어머님은 섬에서 초등학교를 겨우 졸업하고 결혼 후에도 내내 음식점을 하며 평생 일을 손에서 놓지 않은 분이다. 늘 일을 해 돈을 벌었는데 그 덕에 친구 아버지가 갑자기 돌아가신 후에도 집안의 경제 사정은 크게 휘청이지 않았다. 물론 넉넉한 것은 아니었지만 자식들의 공부만은 최선을 다해 도와주셨다. 전화를 끊으며 문득 어머님의 일기장이 떠올랐다. 어머니가 평생 일기를 써오셨다걸 친구도 늦게서야 알고 너무 놀랐다고 했다. 지금도 간단한 메모나 가계부라도 자주 노트에 적는 버릇이 있다고. 놀라웠다. 어쩌다 뵐 때마다 얼굴 가득 정이 넘치는 분이 늘 자식 걱정을 하셔서 걱정 마시라고 안심 시켜 드리기 급급했는데 일기라니, 그것도 평생 써 오셨다니 엎드려 절이라도 하고 싶어졌다.

일기를 계속 쓴다는 것이 쉽지 않다는 것은 누구보다 내가 잘 알지 않던가. 작가랍시고 글을 써 온 나도 일기를 자주 쓰기 어려웠다. 피곤하다는 핑계로, 내일 일찍 일어나야 한다는 핑계로 자주 빼먹다 보면 몇 달간 하루도 안 쓰고 지나갈 때도 많았다. 여행이나 가거나 마음을 흔드는 일이 생기지 않으면 그냥 지나가기 쉬운 게 일기가 아닌가. 그 일기를 평생을 쓰셨다니, 그것도 공부를 많이 해 독서나 글쓰기가 익숙한 환경도 아닌 분이. 나는 그제야 어머니의 삶을 돌아보았다. 그분이야말로 작가의 자질을 충분히 갖고 계신 분이지 않은가! 그것이 단지 글이라는 매체여서가 아니라 그분만큼 자기 삶에 충실하고 그것을 기록하는 작업이야말로 작가에게 가장 중요한 자질이 아니던가.

뿐만 아니다. 그분은 여행을 좋아해 요즘도 혼자서 대중교통을 타고 가실 수 있는 데까지 다니신다. 먼 곳은 못 가도 군내 버스를 타고 다니면서 눈요기하는 걸 무척 즐거워하신다고. 경제적 독립뿐 아니라 정신적 독립을 즐기시는 어머님이야말로 자존감 넘치는 여성이다. 이념이나 이론이 아닌 삶 속에서 독립을 구현한 친구 어머니, 진정한 페미니스트가 아닐까?

1994년 《문화일보》로 등단. 소설집 『도둑게』, 『그 남자의 방』, 『네 눈물을 믿지 마』가 있고 장편 소설 『길 위에서 중얼거리다』, 『물속의 사막』, 『유령의 시간』이 있다. 대산문학상을 수상했다.

사유思惟를 만나다

김 철 우

가벼운 옷을 골랐다. 늘 들고 다니던 가방을 놓고, 가장 편한 신발을 신었다. 지난밤의 떨림과는 무색하게 준비는 간단했다. 현관문을 나서려니 다시 가벼운 긴장감이 몰려왔다. 얼마나 보고 싶었던 전시였던가. 연극 무대의 첫 막이 열리기 전, 그 특유의 무대 냄새를 맡았을 때의 긴장감 같은 것이었다. 두 금동 미륵 반가사유상을 만나러 가는 길은 그렇게 시작됐다.

두 반가사유상을 알게 된 것은 몇 해 전이었다. 잡지의 발행인으로 독자에게 선보일 좋은 콘텐츠를 고민하던 중 우리 문화재를 하나씩 소개하고자 문화재청 홈페이지를 둘러보다가 같은 자세의 반가사유상이 있다는 것을 알게 되었다. 장신구와 옷 주름 등의 화려함과 간

결함의 차이 정도만 있을 뿐 왼쪽 무릎 위에 오른쪽 다리를 얹은 반가 자세와 오른쪽 손가락을 뺨에 댄 채 생각에 빠진, 웃는 듯 마는 듯한 표정에 매료되고 말았다.

그리고 시간이 흘러 두 반가사유상만 따로 전시한다는 소식을 듣고 쾌재를 불렀다. 제작 시대와 장소의 차이를 극복하고 나란히 앉은 두 작품을 상상하는 것만으로도 흥분되기까지 했다.

국립중앙박물관 2층 사유의 방에 들어서자 어두운 복도에 '순환'이라는 제목의 디지털 비디오 작품이 먼저 시선을 잡는다. 그리고 복도 끝에서 돌아서며 마주하게 되는 두 반가사유상. 루브르의 모나리자처럼 유리관에 넣어 두었으면 어쩌나 걱정했는데, 손에 닿을 듯 어떠한 막힘도 없이 1,400년이란 시간의 파고를 넘어 이제 같은 공간에서 나와 마주 보고 있다. 더구나 어디에서도 볼 수 없었던 사유의 뒷모습까지 오롯이 볼 수 있으니, 두 국보를 전시하는 박물관의 자신감과 자부심이 전시실에 가득하다.

반가사유상을 비추는 위쪽 조명은 숫자 8을 옆으로 눕힌 무한대 기호. 입구 복도의 순환이란 제목의 비디오 작품이 겹친다. 반가사유상에 집중하다 보니 몰랐는데 가만히 숨을 골라 보니 코를 간질이는 냄새가 있다. 전시실 벽을 감싼 황토 내음이다. 전시실 벽 역시 위로 올라갈수록 넓어지도록 설계해 확장성을 주고 있다. 특히 황토는 항생, 항균 효소가 함유되어 있어 곰팡이와 세균을 억제하며, 습도 조절 능력이 탁월해 작품과 관람객 모두를 위한 선택임을 알 수 있다. 전시실 입구에서 두 반가사유상을 향하는 길도 약간의 오름길이며, 반짝이는 별빛으로 천장을 마무리하여 마치 밤하늘 아래에서 두 작품을 대하는 느낌이랄까. 아니면 반딧불이 빛나는 동굴에서 반가사유상을 마주하는 듯한 착각에 빠지게 한다. 모두가 두 반가사유상에 집중할 수 있도록 설계한 최욱 건축가의 세심한 배려가 양모처럼 포근하다.

언젠가 모 TV 프로그램에서 반가사유상의 주조 과정을 재현한 적이 있다. 우선 철심으로 불상의 머리에서부터 대좌까지 뼈대를 세운 다음 점토를 덮어 대충의 형상을 만든다. 그 위에 밀랍을 입혀 반가사유상 형태를 섬세하게 조각한 후 다시 흙을 씌워 거푸집을 만든다. 그리고 거푸집에 열을 가하면 내부의 밀랍이 녹아내려 반가사유상 모양의 틀이 생긴다. 거기에 구리와 주석을 섞어 만든 청동을 붓는다. 청동이 굳으면 거푸집을 떼어 내고 반가사유상을 만난다. 그러나 쇳물 온도와 속도에 맞춰 거푸집 안에 청동을 붓는 과정이 가장 어려운 단계다. 부은 청동이 거푸집 안쪽으로 고루 퍼져야 함은 물론이려니와 일정한 두께를 유지해야 하는데 이 과정에서 수없이 많은 시행착오를 견뎌야 했을 것이다. 수백 번의 같은 과정을 반복하며 실수를 줄여 나가지 않았을까. 그리고 마침내 지금 앞에 놓인 금동 반가사유상을 만들어 낸 그 시대의 장인들은 어떤 생각이 들었을까. 그리고 불가의 미래불未來佛인 미륵불을 당시 사회가 얼마나 희구했기에 시대의 저편에서 다시 같은 모습을 한 반가사유상을 탄생시켰을까. 영화에서의 '오마주' 같이 존경의 의미를 담은 작업이었을까 아니면 당시 주조 기술의 발전을 시험하는 기준이 반가사유상이었던 것일까. 후대(7세기 초)에 제작된 반가사유상이 간결하지만 조금 더 완성된 모습을 보이는 것 같다.

가까이에서 찬찬히 들여다본다. 두 반가사유상을 바라보는 사람들의 느낌은 관람객 수만큼이나 다양하겠지만, 날렵한 콧날 밑으로 작은 입술에서 알 듯 모를 듯 번지는 옅은 미소에서 시선을 거두기 어렵다. 그동안 내가 처했던 모든 상황에서도 이처럼 고요하게 나 자신을 마주 볼 수 있으면 좋았으련만.

'사유思惟하는 존재로서의 위대함'은 수천 년 전 싯다르타가 열반에 든 순간에서부터 삼국 시대 반가사유상을 제작했던 장인의 손을 거쳐 이 순간까지 시간의 허물을 벗고 세월을 관통한다. 인류가 존재하는 동안 그 위대함의 빛은 바래지 않을 것이다. '지혜는 가르칠 수 없다.'라고 한 헤르만 헤세의 말을 떠올린다. 그러니 언어를 떠나 사유의 모습을 보여 주는 것만으로도 우리는 감동의 시선을 보내며 자신을 돌아보는 것이 아닐까.

군이 손에 닿을 듯 가까이에서 보지 않아도 좋다. 조금 떨어지면 두 반가사유상의 시선과 동시에 마주한다. 작품 앞에 서서 미소의 근원을 찾아 헤매는 사람들의 뒷모습에서 또 다른 위안을 얻는다. 후회하는 삶을 산 것이 나 혼자만은 아니기 때문이다. 훌륭한 예술 작품은 감상하는 관람객과 한 프레임에 넣고 보아도 또 다른 작품이 된다. 그리고 그것은 단순한 작품을 넘어 인류의 유산이 된다.

'두루 헤아리며 깊은 생각에 잠기는 시간'이 필요할 때 나는 또 이촌역을 향하는 지하철에 오를 것이다. 그리고 10여 년쯤 지나 손자의 손을 잡고 다시 두 반가사유상 앞에 설 수 있다면, 그때 나는 어떤 미소를 띠며 이곳을 떠날 수 있을까.

《문학저널》로 등단. 산문집 『인연의 뜰』이 있다. 한국장애인문학상 우수상을 수상했다.

사랑하고 싶은 여인

박병두

그녀에게 처음으로 품었던 감정은 존경심이었다. 한시도 미소를 잃지 않은 채 찾아오는 모든 환자들에게 자상한 말투와 진심 어린 표정을 보이며 조심스레 그들의 환부를 만져주는 그녀는 그야말로 백의 천사 같았다. 이는 나만의 감정이 아니었던 것이다. 치료를 받고 돌아가는 환자들 모두 머리가 땅에 닿을 듯 연신 허리를 굽히며 그녀에게 고맙다는 인사를 빼놓지 않았다.

외진 작은 섬의 보건소 진료소장으로 활동 중인 그녀는 순수하고 착한 눈을 가진 여성이었다. 그녀를 찾아오는 동네 환자분들은 대부분 그녀보다 나이가 많은 분들이지만, 그녀는 그들에게 엄마 같은 자상함을, 때로는 선생님 같은 엄숙함을 보여 주곤 했다.

나는 진료실 한편에 앉아 그녀의 모습을 바라보다 이

내 창 너머 나뭇가지들로 시선을 돌렸다. 한여름 강렬한 햇살을 받은 잎사귀들은 은백색 빛을 흩뿌렸다. 바람에 흔들리는 나뭇잎과 함께 내 머릿속에 과거의 연인이었던 한 여인에 대한 추억이 문득 떠올랐다.

그녀는 오늘처럼 눈부신 햇살로 가득한 날에 급작스레 이별을 통고해 왔다. 마지막으로 그녀를 만났을 때, 길고도 아름다웠던 그녀의 머리카락은 온데간데없이 사라지고 파르라니 삭발한 머리만이 눈에 들어왔다. 나의 사랑보다는 대자대비하신 부처님의 사랑을 받고 싶다며 내 곁을 훌쩍 떠나가 버린 그 여인이 갑작스레 떠오른 것이다.

"지루하셨지요?"

진료를 마친 환자들이 모두 돌아가자 그녀는, 넋을 놓고 창밖을 바라보고 있던 나의 앞에 커피 잔을 내려놓았다. 티 하나 보이지 않는 맑은 얼굴 가득히 잔잔한 미소를 짓는 그녀에게서 당당함이 엿보였다. 그녀는 외모로나 행동거지에서 내가 사랑했던 여인과 비슷한 점이 많았다. 그래서인지 그녀와 마주하게 되면 과거의 내 사랑이었던 사람의 모습이 떠오르곤 한다.

"하필이면 왜 이런 낙후된 곳에 와 계신 건가요?"

복작대는 도시에서 사는 나에게는 이 섬이 주는 고즈넉함이 소중하게 느껴졌다. 그러나 하루 이틀이 아니라 이곳에서 터를 잡고 살아야 한다면 쓸쓸함과 나른함 때문에 곧 지칠 것 같다는 생각이 들었다.

“일에 보람을 느껴서요.”

‘아프리카에서 지내는 슈바이처 박사와 같은?’ 하고 질문을 하려다 너무 거창하게 몰아세우는 것 같아 그만두었다.

“시를 계속해서 쓰시나요?”

그녀가 내게 한 질문이었다. 대답 대신 나는 뒷머리를 긁으며 멋쩍게 웃어 보였다.

“지난번 형님을 통해서 받은 시집은 다 읽었습니다. 시 전체에 우수憂愁가 흐르는 것 같던 걸요.”

그녀의 말에 나는 고개만 다시 주억거렸다. 그녀가 말한 형님은 나의 큰형님을 가리킨다. 횡간도라는 이 작은 섬의 행정 책임자였던 큰형님은, 간호 대학을 갓 졸업하고 이 섬을 찾아온 그녀와 함께 오랜 시간 손발을 맞춰 일을 해왔다. 지금 큰형님은 다른 곳에서 일을 하고 계시지만, 휴가를 맞아 가족들과 함께 이곳을 찾았던 것이다. 이때 나를 함께 데려갔는데, 내심 형님은 이번 휴가 동안 지금 내 앞에 있는 그녀와 내가 좋은 인연을 맺기를 바라 마지않았던 것이다. 때문에 반강제적인 맞선 아닌 맞선을 위해 내가 그녀의 진료실을 찾아갔던 것이다.

그녀와 몇 마디를 주고받지 않았지만 뭔가 넘지 못할 벽이 나와 그녀 사이에 가로놓인 것 같은 느낌이 설핏 느껴졌다. 각자의 다른 직업 때문인지, 아니면 나의 아물지 않은 마음의 상처를 그녀가 눈치를 챘던 건지는 알 수 없었다.

이튿날, 형님 부부와 어린 조카들 그리고 나와 그녀는 섬의 한적한 해변 모래사장을 찾았다. 조카들은 점심 식사를 마치자 저희들끼리 모래성을 쌓느라 정신없었고 형님 부부는 우리 둘만의 자리를 만들어 주고자 멀리 산책을 떠났다.

"어째 행복해 보이질 않는군요."

불현듯 내가 뱉은 말이었다. 바다 내음이 묻어나는 바람을 맞고 있는 그녀의 얼굴이 몹시 쓸쓸하게 보였기 때문이었다. 이미 오랜 시간 자리 잡은 것 같은 고독함이 그녀의 미소 속에 보였던 것이다.

"삶이란 때론 처절하고 무섭게 느껴져요."

"외로울 때 그런 것 같습니다, 저도."

그 이야기를 끝으로 우리들은 다시금 입을 다물었다. 긴 침묵 사이로 파도와 바람 소리가 우리들 사이를 오래도록 지나다녔다. 침묵이 어색했던지 그녀는 카메라를 들고 사진을 찍기 시작했다.

"좀 더 활짝 웃어 보세요."

"이렇게요?"

그녀의 청에 나는 입을 벌려 보였고 그러다가 그 억지스러운 모양이 우스워 함께 폭소를 터뜨렸다. 그러나 그 웃음 뒤에 보이지 않는 시퍼렇고 커다란 강물 같은 벽이 우리 둘 사이를 흐르고 있음이 느껴졌다. 그러다 그날 형님 부부가 데려간 노래방에서 그 벽의 정체가 살며시 드러났다.

그리워져요 철없던 우리 사랑이
내 사랑 그대 그대여 다시 한번 사랑해요
아름다워요 철없던 사랑이
이별은 싫어 추억의 그림자가 너무 많아……

그녀가 부른 〈철없던 사랑〉이라는 노래의 가사다. 나는 그녀의 노래가 끝난 뒤 〈잊으리〉라는 노래를 불렀다.

이제는 모두 잊으리
그날의 행복 꿈이라고
생각하면 무얼 해
만날 수 없는 님……

별다른 생각 없이 부른 노래였지만, 형님 부부에게는 서로 한번 잘 만나보라며 자리를 마련했는데 두 사람 모두 과거의 사랑에만 집착하고 있는 듯 보였다고 한다.

저녁 무렵, 진료소에는 동네 노인네들이 또 다른 일로 찾아왔다. 삶은 고구마와 감자를 맛 좀 보라며 들고 온 것이다. 그녀와 나 두 사람 모두 너무나 맛있게 그것들을 입에 가져갔다. 한입 베어 물었을 때 한 할머니가 그녀에게 다가와 돈 천 원만 달라며 손을 내밀었다. 그녀는 아무렇지도 않은 듯 지갑에서 돈을 꺼내 할머니 손에다 꼭 쥐여 주면서 아주 밝게 웃음을 지었다. 그녀에게서 지금까지 보았던 웃음 중에 가장 해맑은 웃음이었다.

며칠 후 휴가 일정이 끝나 집으로 돌아가기 위해 차에 올랐다. 그녀는 자신의 차를 가지고 골목 어귀까지 따라 나와 힘차게 손을 내저으며 인사를 건넸다. 우리가 탄 차가 보이지 않을 때까지 그녀는 혼자서 손을 흔들고 있었다. 그 모습이 한동안 눈에 잔상처럼 남아 있게 되자 그제야 그녀가 나의 새로운 사랑이 될 수 있으리라는 생각이 들었다. 하지만 아직 완전히 내 감정을 추스르지도 않은 상태에서 성급히 마음을 건넬 수는 없었다.

과거에 대한 집착이라는 것이 얼마나 질긴 방해물인가. 나는 아직도 그것을 뛰어넘지 못했다. 나뿐만 아니라 그녀 역시 과거의 그림자에서 벗어나지 못한 것 같아 오랜 시간 끝에 찾아온 새로운 사랑에 대한 열망 또한 차츰 식어 갔다.

과거의 굴레에서 벗어나 스스로 자유로워지게 되는 그런 날이 찾아오면, 그녀를 찾기 위해 지금 이 길을 다시 되돌아 갈지는 모르겠다. 아니, 인생이라는 그 머나먼 길을 가던 도중에 우연히 마주하게 될지도 모를 일이다. 그런 잔잔한 희망을 품어 보며 지금은 그저 멀어져 가는 섬을 바라만 보았다.

시나브로 속절없이 반백이 되었다. 나는 그 섬을 바라보고 있는 동쪽에 한옥을 지었었다. 그리고 저녁이면 땅끝 송종리포구를 어김없이 나간다. 산책이지만 기억을 재생하는 세상사 인연들이 바람에 출렁인다. 한옥 나무 서카래와 대들보에서 금이 가듯 사람의 인연도 영원할 수 없는 길이 되었다. 시선 너머로 보이는 저 섬에는 그녀의 소식을 남긴 채 보건 진료소에 빛이 바래졌다.

KBS TV문학관 「행려자」를 쓰면서 작품 활동을 시작했다. 장편소설 『그림자밟기』 등 12권의 저서가 있다. 이육사문학상, 전태일문학상, 경기인대상, 김달진문학상, 대한민국예술문화대상 등을 수상했다. 현재 인송문학촌 토문재를 운영하고 있다.

토문재吐文齋 일기

이다빈

달그랑달그랑 토문재 북카페 처마에 매달린 풍경이 바람에 흔들리더니 이내 처마에서 비가 떨어졌다. 그리고 하늘에서 몇 초의 간격으로 천둥과 번개가 쳤다. 한옥이라 방문만 열면 마당이니 자연이 내는 깊은 소리를 들을 수 있다. 보성, 장흥, 강진을 지나 느리게 느리게 바다가 보이는 토문재로 왔다. 오는 동안 거추장스러운 삶의 옷을 하나씩 벗었더니 훨씬 가벼워졌다.

빈손으로 왔는데 토문재에서 양식을 내어 주었다. 이것으로 일주일을 보낼까 생각하고 있는데 비가 그치고 바닷바람이 고개를 내밀었다. 해남의 이곳저곳이 궁금해서 먹거리를 핑계로 밖으로 나왔다. 마을 어귀의 늙은 호박은 제 무게를 못 이겨 넝쿨 그늘에 주저앉아 있고, 옥수수는 서로 어깨를 포개며 하늘을 우러러보고 있었다. 마을 사람들은 모두 어디로 갔는지 어촌 마을엔 개

들만 짖어 댔다.

갈매기들이 소리를 지르며 날아다니는 방조제 끝까지 가 보았다. 갯벌이라 방조제가 길었다. 멀리 보이는 섬들은 안갯속을 들락거리고 풍상에 씻긴 정박한 작은 배들은 서로 몸을 부딪치며 아픈 이야기들을 나누고 있었다. 섬은 아무 말 없이 그대로 있는데 구름이 섬을 보여주었다 가렸다 하고 있었다. 내 마음은 구름이었다.

방조제에 부딪혀 돌아 나가는 파도처럼 바다를 돌아 나와 버스를 타고 마트가 있는 산정리로 갔다. 마트에서 반찬거리를 사서 나오는데 막 버스가 떠나는 것이 보였다. 버스 안내판에 다음 버스는 50분 후에나 온다고 표기되어 있었다. 집을 나온 여행자가 시간을 들추어서 무엇하랴. 동네를 한 바퀴 돌고 정자에 앉아 있으니 어디선가 더위를 날려버릴 듯한 바람이 시원하게 불어왔다. 외국인 노동자들이 마트에서 맥주를 사 가지고 자동차에 싣고 어디론가 가고 있었다.

시간이 다 되어 왔던 길의 반대 방향에서 버스를 탔다. 그런데 버스는 토문재로 가고 있는 것이 아니었다. 놀라서 버스 기사에게 물었더니 기사는 질박한 호남 억양으로 어란으로 가는 버스라고 하면서 차 앞에 표시된 행선지를 왜 안 보고 탔냐며 타박했다. 그럼 어떻게 해야 하냐고 물었더니 다소 나긋해진 태도로 어란까지 가서 돌아서 나오면 된다고 말해 주었다.

군내 버스 차비는 천 원, 기사는 처음에는 어란 종점에서 천 원을 다시 내야 한다고 하더니 종점을 돌아 나오자 내지 않아도 된다며 말을 바꿨다. 여행을 하다 보면 예정이 어긋난 곳에서 늘 이야기가 시작된다. 어란에서 사람들이 모두 내리고 버스 안에는 운전기사와 나 둘뿐이었다. 기사가 먼저 어디에서 왔냐며 물었다. 가벼운 신상 털기를 한 기사는 이번엔 가이드가 되어 내가 궁금해하는 대흥사 가는 차편과 해창주조장 가는 방법 등 해남의 정보까지 세세히 알려 주었다. 외지인과의 대화에 신이 난 기사는 서울 사람들은 시골 사람들보다 나이가 15세는 어려 보인다는 둥 자신은 시골에서 살아서 사투리가 심하다는 둥 굳이 하지 않아도 될 소리까지 했다.

유쾌한 운전기사와 헤어지고 산정리에 내려서 토문재로 가려면 또 40분을 기다려야 했다. 기다리는 동안 버스 안내판을 유심히 살펴보았다. 낯선 곳에서 내 생각대로 움직인 게 화근이었다. 이곳의 버스 정류소는 한쪽에만 있다. 반대쪽으로 오는 버스 노선도 한쪽 안내판에만 표시하고 있으니 자세히 보고 타야 했던 거였다. 그리고 길이 여러 갈래이니 지하철처럼 버스 앞 전광판에 표시된 종점을 보고 타야 했던 것이다. 첫날의 경험 덕에 토문재에서 머무는 동안 버스 노선을 입수하고 해가 바다에 빠지기 전에 서둘러 돌아와야 한다는 원칙을 세워두었다.

토문재 북카페에 앉아 멀리 바다를 보고 있으니 낙원에 온 듯 잠시 꿈속에 빠졌다. 문득 고개를 드니 택배 오토바이가 툇마루에 물건을 놓고 마을을 따라 내려가고 있었다. 순간 진짜 땅끝은 어딜까 궁금해져서 벌떡 일어나 땅끝마을로 가는 버스를 탔다.

송호해수욕장을 감싸는 소나무들을 지나니 곧 땅끝마을에 도착했다. 길이 끝나는 지점에 있는 땅끝항 선착장이 바다와 맞서고 있었다. 죄수와 말을 실어 나르던 뱃길이 이제는 유명 관광지가 되어 자동차와 사람들을 싣고 간다.

보길도를 등지고 땅끝마을로 들어갔다. 땅끝마을은 이미 국민 유원지로 등극해서 외지의 냄새가 가득했다. 갈두산 사자봉으로 올라가는 모노 레일 케이블 차창으로 전복 양식장과 어선들, 그리고 섬들이 보였다.

사자봉에 내려 전망대에 올라 바다를 내려다보았다. 도시의 수다를 좋아하는 내가 윤선도처럼 수석과 송죽과 바위를 친구 삼아 노년을 보낼 수 있을까. 저항하지 않고 스며들면 되는 것을 배우고 있으니 어쩌면 달빛과 친구가 되는 것도 그리 힘든 일은 아닐 것 같았다.

모노 레일 왕복 표를 끊어 두었지만 계단으로 내려가야 진짜 땅끝이 나온다고 안내원이 말해 주었다. 한참 계단을 걸어서 내려갔더니 한반도 최남단 땅끝임을 알리는 작은 토말비가 공사 출입 통제선 안에 외롭게 서 있었다. 서해랑길의 끝이자 남파랑길의 시작점, 한반도 국토 순례가 시작되는 그곳에 진짜 땅끝임을 알리는 '땅끝 탑'이 있었다. 시끄러운 속세의 소리를 지워 버리는 파도 소리만 들렸다. 인생이 어디 꽃길만 있으랴. 덜컹덜컹 돌길을 지나 캄캄한 숲길을 걸어오다 보니 드디어

진짜 땅끝에 섰다.

새파란 하늘에 하얀 구름이 공空의 그림자처럼 비쳤다. 뜬구름 아래 중력의 바람이 세포 속까지 파고드니 감각이 맹렬한 속도로 되살아났다. 더는 갈 곳 없는 땅끝에서 기도하지 않고 살아갈 자신이 생겼다. 끝은 새로운 시작이었다. 나는 바위에 부서지는 파도가 아니라 원래부터 바다였던 것이다.

시인, 아동 문학가. 저서로 『소소여행』, 『작가,여행』, 『잃어버린 것들』, 『소설과 함께 떠나는 다크투어』, 『코로나 시대의 여행자들』 등이 있다.

봄 순례자

이 상 권

해남의 봄은 바람의 굿판이다. 바닷물에다 발을 담그고 살아가는 대지라서 아무리 기온이 따스해도 바닷바람의 거친 서슬은 피할 길이 없다. 더구나 인간처럼 거대한 몸을 가진 동물에게는 그야말로 속수무책이다. 인간의 문명이 만들어 낸 질 좋은 옷으로 무장한다고 해도, 그 굿판으로부터 완전히 자유로울 수는 없다. 더구나 나처럼 유독 추위를 타는 인간에게는 그 바람이 두려움의 대상이었다. 사실 용인에서 해남행을 선택했을 때는, 남도 특유의 따뜻한 봄을 꿈꾸었다. 그래서 그 굿판이 더 당황스러웠는지도 모른다.

그래도 길을 나서야만 했다. 나는 작가 생활 30년 만에 집을 떠나 해남 땅끝에 있는 토문재에서 두 달간 머물기로 했다. 내가 집을 떠날 수밖에 없었던 것은, 그만큼 지쳐 있었고, 그만큼 외로웠고, 그만큼 위로받고 싶었다. 내 생애 가장 힘든 시기였다. 나는 집을 떠날 때부터 길을 떠날 작정이었다. 사람이 아니라 길에게 위로받고 싶었다. 그래서 해남행을 선택했다.

나는 거의 날마다 길에 들었다. 토문재를 중심으로 온갖 길을 다 걸었다. 아마도 나만큼 많이 걸은 사람은 없을 것이다. 그러니까 그곳에서 사는 토박이들보다 더 많이 걸었을지도 모른다. 이름 없는 뒷산부터 달마산이라는 걸출한 명산까지 그 핏줄의 구석구석, 마을과 마을로 이어지는 길, 골짜기와 마을이 이어지는 길, 골짜기와 저수지가 이어지는 길, 마을과 바다가 만나는 길. 길이 부르면 무조건 따라갔다. 느릿느릿 거의 두꺼비 걸음으로 걸었다. 나는 시골내기로 천성적으로 발이 튼튼한 족속이었지만, 언제부턴지 탈이 나서 실은 조금만 걸으면 통증에 시달린다. 나는 그런 약점을 바람에게 내보이지 않았다. 느림으로 내 약점을 땜질하였다. 때론 밤길을 걸을 수밖에 없었다. 하늘빛에 드러나는 숲길이 두렵지 않았다. 산에는 유독 나이 든 무덤들이 많았다. 나는 그렇게 무덤이 있는 길이 좋다. 누군가 밟고 또 밟다 보면 무덤조차 길이 되는 그 오랜 순례의 여정에 내 발걸음이 있다는 것이 좋다. 나도 그렇게 죽어서 길이 되고 싶다. 나는 그런 명상을 끝없이 하면서 걷고 또 걸었다. 그렇게 길에게 의지하고 싶었다. 길은 그런 나를 받아 주었다. 많이 지쳤구나! 힘들었구나! 그래그래, 이제 돌아다보자. 이만큼 살아온 시간에 대해서, 작가로서 살아온 시간에 대해서 돌아다보자! 괜찮다, 괜찮아. 넌 잘 살아왔어. 길은 나를 다독여 주면서, 점점 단순화시켜 주었다. 아픈 발도 무디게 해 주었다. 속 쓰림도 잊게 해 주었다. 머리를 맑게 해 주었다.

나는 늘 눈에 보이는 작은 풀들을 뜯었다. 해남의 봄, 그 왕국을 일으킨 1등 공신은 작은 풀들이다. 나는 그 풀들을 뜯어 날마다 나물로 먹었다. 집을 나설 때는 나물로 밥을 비벼 주먹밥을 만들어서 챙겨 갔다. 그것을 길에서 먹으면서, "고수레!"하고 밥 한 덩어리 주위에다 던져 주면서 이 세상의 생명체로서 행복했다. 숲에는 산림 도로처럼 아직 어린 길도 있지만, 대부분은 그 주름골조차 헤아릴 수 없는 늙은 길이었다.

어느 날, 길은 산림도로를 걷고 있었다. 트럭이 먼지를 일으키며 오더니 내 옆에 멈춰 섰다. 차 문이 열렸다. 흰머리가 짧은 여자였다. 내 또래로 보였다. 나도 모르게 고개를 숙이고 인사했다. 아, 그런데 상대는 전혀 대꾸하지 않았다. 그리고는 빤히 나를 쳐다볼 뿐이었다. 무안해진 내가 다시 고개를 숙여 인사했다. 그래도 한마디 말이 없었다. 그렇게 5분이 넘도록 나를 쏘아보더니, 차 문을 닫고 사라져 버렸다. 나는 더 이상 움직일 수가 없었다. 불쾌한 모욕감이 나를 흔들었다. 마침 바람이 나에게 항복하라고, 최후통첩을 하듯이 물어 닥쳤다. 나는 체념하듯 비틀거리면서 뒷걸음질 치다가 넘어졌다. 여자들이 성폭행을 당하면 이런 기분일까. 순간적으로 그런 생각이 들었다. 그만큼 기분이 나빴다. 그날 어떻게 숙소로 돌아왔는지 모른다. 부들부들 몸이 떨려서, 못 먹는 술까지 마시고 밤새 보대끼다가 잠이 들었다.

대체 왜 나를 그렇게 노려봤을까? 아무리 내가 이방인이라고 해도 국적이 다른 사람도 아니다. 근처 논밭에 들어간 것도 아니다. 난 그저 길을 걸었을 뿐이다. 아무리 생각해도 이해할 수 없었다. 길에게 절대적으로 의지하고 싶었고, 언젠가는 그 길이 되고 싶었던 봄 순례자에 대한 배신이었다. 길에 대한 믿음은 처참하게 무너져 버렸다.

그때부터 길을 나서는 것이 두려웠다. 사흘 정도 숙소에서 꼼짝도 하지 못했다. 어서 이곳을 떠나고 싶었다. 지금까지 살아오면서 숱한 길을 걸어왔지만, 이런 경우는 처음이라 더욱 힘들었다. 그래도 용기를 내어 다시 길을 나섰다. 하지만 예전만큼 길에 대한 믿음이 눈으로 들어오지 않았다. 어디선가 트럭 소리만 들려도 신경이 예민해졌다. 나는 트럭이 오지 못하는 길만 선택했다. 멀리서 누군가 걸어오는 실루엣만 보이면 무슨 죄인처럼 몸을 숨겼다. 사람을 마주치는 것이 너무나도 두려웠다. 그렇게 길을 편식하기 시작했으니, 걸어도 땅을 밟는 느낌이 들지 않았다.

그렇게 일주일쯤 지났다. 아주 깊은 숲길에서 밥을 먹고, 여기저기 옹알이하면서 놀고 있는 쑥을 뜯기 시작했다. 그것들을 뜯어다가 국을 끓이고, 쌀에도 조금 섞어서 밥을 하고 싶었다. 생각만으로도 황홀했다. 나는 그 어린 쑥들의 마법에 너무 푹 빠져버려서, 누군가 바로 앞까지 오는 것도 인지하지 못했다. 그러다가 어떤 남자가 불쑥 나타나자 얼마나 당황했는지 모른다. 어딘가 숨을 새도 없었다. 그는 나보다 체구가 컸고, 나보다 조금 어려 보였다. 그 사람이 두려워졌다. 나도 모르게 잔뜩 긴장하면서 곁눈질하였다. 그때 그 남자가 멈칫하더니 "쑥 뜯으세요?" 하고 말했다. 아, 그 한 마디에 온몸을 무장하듯이 잔뜩 힘을 주고 있던 근육이 풀어졌다. "예, 쑥이 하도 예뻐서요." 나도 모르게 그렇게 말했다. 그는 쑥이 예쁘다는 말에 입을 헤 벌려 웃더니, "여기 위쪽 골짜기에 가면 두릅이 천집니다. 그것도 좀 따다가 맛있게 드세요!" 하고는 허청허청 산모롱이 사라졌다. 나는 그 사람에게 인사하면서, 마음속으로 고맙다고 몇 번이나 중얼거렸는지 모른다. 나는 골짜기로 올라가서 가장 살이 오른 두릅까지 한 주먹 꺾어 들고는 숙소로 왔다. 쑥국을 끓이고, 쑥밥을 짓고, 살짝 데친 두릅을 초장에 찍어 포만감이 느껴지도록 먹고 나니까 스르르 졸음이 왔다. 나는 씻지도 않고 그대로 잠이 들었다.

다음날부터 나는 다시 길을 편식하지 않게 되었다. 그리고 봄바람이 굿을 하면, 그것을 피하려고 하지 않았고, 나도 모르게 몸을 흔들면서 걸었다. 길에 대한 나의 믿음은 더욱 강해졌고, 내 몸에서도 숱한 봄 풀들이 돋아났다. 황홀한 봄날이었다.

1994년 《창작과비평》으로 등단. 저서로 『시간여행 가이드 하얀 고양이』, 『애벌레의 위로』, 『서울사는 외계인들』, 『호랑이의 끝없는 이야기』 등이 있다

끈끈이에 대하여

이후경

오래전 일이다. 나는 그때 글을 쓰기 위해 수소문하여 어떤 종교 단체에서 운영하는 기도원 비슷한 곳에 방을 빌려 가 있었다. 깊은 산속에 뚝 떨어져 있는 곳이었다. 각각의 방도 숲속에 따로 있어서 홀로 있다가 하루 두 번 식당에 가서 밥을 먹으면 되었다.

그런데 어느 날 식당에 들어서니 식탁 위에 좁고 긴 종이가 놓여 있는데 까만 점이 가득했다. 심한 근시에 난시인 나는 처음에 서리태 같은 까만 콩을 말리는 줄 알았다. 그러나 다가가 보니 그것은 끈끈이에 파리들이 다닥다닥 붙어 있는 것이었다. 질겁을 했지만 내가 앉을 수 있는 곳은 바로 옆의 식탁일 뿐이었다. 나는 자리에 앉았다.

파리 시체가 잔뜩 붙어 있는 끈끈이 늪 옆에서 무언가

를 먹을 수 있을 만큼 내 신경은 질기지 못했다. 동시에 나는 다른 사람들을 불편하게 할 만큼 강한 심장도 갖고 있지 못했다. 내가 벌떡 일어나 나가 버리면 애써 점심을 준비해 준 분들의 마음을 다치게 할 터였다. 그때부터 나의 도 닦기가 시작되었다. 나는 끈끈이가 없다고 생각하기로 했다. 머릿속으로 열심히 다른 생각을 하며 음식만을 씹었다. 옆쪽으론 고개도 돌리지 않은 채 허겁지겁 아무 생각이 나 닥치는 대로 했다. 나는 무사히 밥을 먹었다. 그러나 그것은 도를 닦아 이루어진 일이 아니라 나를 속여 이루어 낸 기만의 성과였다. 나는 나한테 사기를 친 셈이었다.

또 다른 끈끈이에 대한 이야기는 이렇다. 작은딸은 무용과 학생이라 공연이 있을 때면 무용실에서 학과 친구들과 밤을 새워 연습을 했는데, 무용실에 쥐가 자주 나와서 사람들이 강력 끈끈이를 가져다 놓았다고 했다. 그 끈끈이에 가끔 쥐가 잡혀 죽어 있는데 너무 끔찍하다고도 했다. 파리하고는 달리 그 감정과 고통이 그대로 느껴지는 쥐가 산 채로 끈끈이에 달라붙은 채 공포에 질려 서서히 죽음을 맞는 광경은 상상만으로도 소름이 끼친다. 그래도 그 과정을 옆에서 보는 건 아니니, 대개는 아침이면 이미 죽은 쥐를 갖다 버리는 일만이 남았다.

그런데 하루는 그곳에 새끼 쥐와 어미 쥐가 함께 죽어 있었다. 모습으로 보아 새끼 쥐가 먼저 달라붙고, 어미 쥐가 그 새끼 쥐를 구하려다 함께 달라붙은 채 죽어 간

걸로 보였다. 아무리 사람들이 혐오하는 쥐라고 해도 그 얘기를 들은 나는 마음이 불편했다. 그 모녀—혹은 모자—는 자기들이 처한 상황을 도무지 이해하지 못한 채 몸부림치다 서서히 죽어갔을 것이다. 이 비극적 장면의 가장 잔인한 점은 '무지'와 '속도'이다. 상황을 납득하지 못한 채 서서히 죽어 간다는 것. 그들은 몸부림치면 발을 떼어 낼 수 있으리라 여겼을 테니 더욱 몸부림쳤을 것이다. 몸부림치고 몸부림치다 지쳐 절망 속에 느릿느릿 죽어간 삶, 그런 그들에 비한다면 고양이의 식사로 생을 끝내는 쥐들이 차라리 사치한 운명으로 보인다. 이 장면은 오래도록 내 뇌리에 달라붙어 있었다. 끈끈이처럼.

며칠 전 우연히 랜디 포쉬라는 미국의 대학교수가 올린 '마지막 강의'라는 영상을 보았다. 그는 췌장암으로 길어야 반년밖에 살지 못한다는 선고를 받은 사람이었다. 그러나 그 영상은 시한부 선고를 받은 사람의 숙연하고도 감동적인 강연을 기대했던 내 예상을 뒤엎었다. 처음부터 끝까지 폭소와 따뜻함이 넘치는(물론 어쩔 수 없이 눈물을 삼켜야 하는 순간도 있었지만) 강연이었다. 그는 자신의 몸에 깃든 열 개의 악성 종양 사진까지도 보여 주었지만 그것은 자신의 발바닥에 붙은 끈끈이를 확인시켜 준 것에 불과했다. 그는 컴퓨터 공학 교수답게 '떼어 낼 수 없는 끈끈이'를 냉철하게 인식하고, 슬퍼하고 몸부림치며 서서히 죽어 가는 삶 대신 유쾌하게 즐기며, 합리적으로 순간을 누리는 삶을 선택한다. 그

영상은 자신이 두고 떠나야 하는 젊은 아내와 아직 어린 세 아이들에게 주는 삶과 꿈에 대한 이야기였고, 온 마음을 담은 그의 선물이었다. 그는 나처럼 '끈끈이가 없다'고 자신을 속이며 즐겁게 사는 척하지 않았다. 그는 무지하지 않았다. 끈끈이를 정확히 인식했다. 서서히 죽어 간다는 잔인한 '속도'가 그에게는 오히려 축복이 되었다.

쥐에게 미국 컴퓨터 공학 교수의 인식까지 바랄 수는 없겠지만 그 쥐 모녀—혹은 모자—가 최소한 나처럼, 끈끈이 같은 건 없는 척, 몸부림을 멈춘 채 서로 즐거운 대화라도 나누었다면 그 죽음의 길이 조금은 덜 고통스러웠을까. 이리저리 머리를 굴려봐도 슬픈 마음은 여전하다. 끈끈이는 덫 중에서도 참 슬픈 덫이다.

1992년 『문화일보』로 등단. 소설집 「저녁은 어떻게 오는가」, 「달의 항구」가 있다.

먹물의 답사答辭

정 택 진

지금의 모습을 보면 꽤 예뻤을 얼굴이다. 딸이 셋인데, 다른 두 누이들의 얼굴도 눈에 띄게 예쁘다. 그녀들의 어머니였던 부녀회장의 초상화를 봐도 참 예쁜 여자이다.

은영이 누나는 노래를 잘했다고 한다. 음악 시간이면 항상 앞에 나와 노래를 했고, 학예회 때도 반 대표는 누나였다고 한다. 여서리에서 청산으로 유학 온 오누이가 있었는데, 누나가 '사랑하는 나의 고향을 한 번 떠나온 후에~'를 시작하자마자, 이제 겨우 중학교 1학년짜리인 남매가 눈물을 주르르 흘렸다니까, 그 정도를 짐작해 볼 수가 있다.

은영이 누나네는 선생님들의 하숙을 쳤다. 그래서 그랬을 수도 있겠지만, 선생님은 은영에게 졸업식 답사를 시켰다. 담임은 붓글씨를 잘 쓰는 분이었는데, 답사를 먹으로 써서 전날 은영에게 연습시켰다. 세 곳 정도에서 눈물을 보이라는 주문도 했다. 은영이 별명이 '울보'였으니 구태여 눈물을 짜내려 애를 쓸 필요도 없었다. 그냥 평소의 감정대로 읽어 내려가면 될 것이었다. 외려 은영이에게는 절대 눈물을 보여서는 안 된다고 다짐을 두는 게 맞는 일이었다.

졸업식 날이다. 송사가 있고 답사 차례이다. 은영은 두루마리 답사를 들고 단상에 섰다. 몇 번이나 연습을 했고, 그래서 세 차례 눈물을 보일 곳도 알고 있고, 사람들 앞에 서 본 것도 여러 차례여서 떨릴 것도 없었다. 차분한 마음으로 은영은 두루마리를 폈다. 막 첫마디를 읽으려는데 갑자기 슬픔이 북받쳐 올랐다. 떠난다는 게 너무도 슬픈 것이었다. 항상 흥건하게 고여 있는 눈물샘에 슬픔의 돌덩어리가 풍덩, 떨어졌다. 순간, 은영은 두루마리 답사로 얼굴을 감싸면서 흐느끼기 시작했다. 서너 숨을 울었을까? 답사를 해야 한다는 생각에 은영은 얼굴을 들었다.

그랬더니, 세상에, 갑자기 졸업식장이 웃음바다가 됐다. 숙연해야 할 졸업식장이 웃음의 도가니가 된 것이다. 은영에게 손가락을 가리키며 사람들이 배를 잡고 웃고 있는 것이다. 은영은 영문을 몰라 이리저리 두리번거렸다. 그럴수록 웃음소리는 더 커져만 갔다. 은영만 그 까닭을 모른 채, 먹물이 얼룩진 얼굴로 이상스레 바뀌어

버린 졸업식장을 둘러보는 것이었다.

제4회 청년심산문학상을 수상하며 작품 활동을 시작했다. 이외 수문학상, 대산창작기금을 수혜받았다.

해남은 이래야 한다

조용연

땅끝으로 가는 버스에 오른다. 그 끝에 무엇이 있어 거길 가는가. 도회에서 상처받은 이들이, 상처까지는 아니더라도 지친 이들이 위로받고 싶어 가는 길일 것이다. 나도 그렇다.

누가 스트레스를 주어서도 아니건만 언제나 나는 목이 마르다. 맑은 땅끝이라도 가면 나을 듯 잔기침을 한다.

그야말로 멀리 가는 장거리 시외버스에 오른다. 아마도 해남 사람들이야 삶의 터전으로 가는 길이니 다르겠지만, 잠시라도 도회를 떠나며 지쳐 보이는 이들은 그렇게 말을 잊은 채 창밖만 바라보리라. 기다리는 이도 없는 끝이기에 홀가분하면서도 조금은 서러울지도 모르겠다.

나의 땅끝에는 해남이 자주 등장한다. 거기가 우리가

갈 수 있는 토막 난 반도의 가장 먼 땅이라 그럴지도 모르겠다. 신발 끈을 느슨하게 하고, 윗 단추를 풀고 적어도 네댓 시간 이렇게 나 넉넉한 남행이다.

맹동에 산천이 얼어붙어도 황토밭에는 시금치가 자라고, 봄 똥이 꽃처럼 푸르게 겨울에 엎드려 자란다.

세상 사는 일이 저마다 억울한 일이 많다지만, 해남 가는 길엔 억울했던 사람, 억울한 사람, 어쩌면 억울해질 예감에 눈자위로 그림자가 내려앉은 사람까지 동행이 될지도 모르겠다.

유배의 길이 해남 거기였기에, 선비들은 통한의 눈물을 삼키며 발길을 끌고 갔을 것이다. '벼슬 가시권'에서 멀어지는 자신의 신세를 한탄하며, 언제 다시 유배의 해제령이 내려올지 막막한 기다림의 시간 속으로 숨어들어야 했을 것이다.

서울로 서울로 돈 벌러 떠났던 산업화 세대는 이미 기력이 쇠잔해, 그래도 그때가 좋았다고 회고할 뿐 기지개를 켜고 별달리 할 일도 없다.

그러다 깜빡 잠이 들었다 깨었는데도 고창 고인돌휴게소를 지났을 뿐이다.

누가 내게 해남이 어때야 하는가 물어 온다면 나는 두 가지를 이야기하고 싶다.

고담준론을 말하는 게 아니다. 현실의 해남은 다른 고장이 안고 있는 것과 꼭 같은 소멸의 과제를 안고 있다.

해남의 소멸은 고향의 소멸이다. '설마 그럴리야'라고 위안해 보지만, 목덜미를 잡아채며 위기를 알리는 경보는 이미 울린 지 오래다.

그런 속에서도 다른 땅끝과 달리 해남답게 더 발전해 갈 수 있는 한 축은 분명히 있을 것이다. 둘째 아이를 낳으면 축하금 몇천만 원을 주겠다는 사탕발림으로 흔드는 것도 약발이 떨어져 결국은 한계에 부딪힐 것이다. 지자체들이 전국적으로 경쟁을 벌이듯 돈다발을 흔들어도 이것은 급락하는 세계 꼴찌의 출산율 속에서 이 땅의 자치 단체끼리 제로섬 게임을 벌이고 있는 '인구 찢어 먹기'에 지나지 않는다.

자, 그런 문제는 우리 사회 전체가 선진 국가로 가면서 겪는 유별난 성장통이어서, 해결의 실마리라는 이야기를 꺼내는 것조차가 '언 발에 오줌 누기'라 조심스럽기 짝이 없다.

결국은 관광이다. 어떻게 해남이 매력 있는 고장이 되어 해남답게 자리매김할 것인가의 문제로 귀결된다.

해남은 그런 점에서 천혜의 관광 자원이 다른 지자체보다는 훨씬 넉넉해 차고 넘친다. 단지 해남만이 가진 자연과 문화와 예술을, 해남이 좋아 찾아온 이들이 피부 가까이 느낄 수 있도록 하는 손에 잡히는 그 무엇이 있어야 한다. 디지털에 지친 이들이 찾아오는 아날로그의 편안함이 매력 있는 요목이다. CD와 디지털 음원이

휩쓸면서 멸종될 것으로 여겼던 LP 레코드판이 메이드 인 코리아로 다시 살아나고 있다는 것은 단순한 레트로의 사조라고만 할 수는 없다. 기계음의 매끈함에 염증을 느끼는 게 사람이다. 원반 위의 음의 골짜기에서 지지직 소리를 내는 그 원시음은 알 수 없는 향수를 불러일으킨다. 이를 경험한 세대에게만 그런 것이 아니다. 자라나는 신예들은 그 아날로그가 낯설고도 신기하다. 그렇게 신구세대는 교집합의 세계를 갖고 살아가게 되어 있다.

해남의 문학적 토양 위에 시비詩碑와 노래비를 엮어가면서, 해남의 아름다운 풍광과 함께 순례할 수 있는 길을 만들어 보는 것은 어떨까. 해남에 고산 윤선도는 물론, 이동주, 박성룡, 김남주, 고정희를 비롯해 생존해 있는 윤금초, 김준태, 노향림, 황지우, 이지엽 같이 뛰어난 시인들이 즐비하지 아니한가?

문학관 안에 모셔진 자료로서의 문인들이 아니라, 그들의 출생지, 성장지 등등 여러 측면에서 의미 있는 공간을 순차적으로 발굴하여, 그 자리에 시비詩碑를 세울 일이다. 사람들은 그 시 비를 찾아가고, 시를 찾아서 읽고, 문학 기행을 하는 가운데 해남의 문향으로서의 깊이와 위치를 실감할 수 있을 것이다. 그저 문학 공원을 만들어 한자리에 전부 끌어모아 놓는 우격다짐이 아니라, 그 자리, 그 사연이 있는 공간에 그렇게 시비가, 노래비가 서서 시어와 노랫말이 품고 있는 깊이를 심상에 저릿하게 전해주어야 하는 것이다.

노래비만 해도 그렇다. 시와 소설만이 순수 문학이고, 대중가요는 격이 떨어진다는 믿음도 이제는 내려놓을 때가 되었다. 우리의 판소리와 민요가 시간이 지나서 무형 문화재에 의해서 전승되고 인정받듯이, 대중 예술 또한 그런 시간이 이미 코앞에 와 있다.

가요 대중이 그토록 절절하게 가슴 아파하고 반기는 이 장르가 결코 소홀히 취급될 분야는 아니다. 옛 노래의 가사는 정교한 가요시이다. 그 절절함을 가장 대중이 쉽게 알아들을 수 있는 언어로 표현하고, 익숙하게 따라 부를 수 있는 곡조와 리듬에 맞추어야 하는 것이 대중가요의 속성이다. 요즘 노래의 가사는 너무 표피적이라 도무지 대중가요도 노랫말의 밭갈이를 더 깊이 해야 한다는 지적도 가요계가 겸허하게 받아들여야 한다. 하지만 그 부박하기 조차한 노랫말 또한 이 시대의 흐름이기도 하니 어찌할 것인가.

아마 이러한 반성은 다시 순환의 굴레를 타고 노랫말에도 아주 느리게 그러나 깊이 스며들 것이다. 젊은 트로트의 열풍도 경연의 깊이를 더하다 보면, 결국 옛 가요의 그 고졸하기 조차한 노랫말에 다다르게 된다.

이미 〈고향 무정〉은 북일면 고향 사람들이 오기택을 기리면서 오소재 정상에 세워 이제 명물이 되었다. 오기택은 고인이 되었으나, 산업화 시대에 잃어버린 고향을 그리워하는 가요의 전범이 되었다. 하사와 병장이 부른 〈해남 아가씨〉가 해남의 관문 우슬재에 서 있는지 나는 알지 못한다. 그러나 먼지 풀썩이는 비포장 고갯마루에 올라서는 청춘 과객의 모습이 노랫말에서 선명하게 되새겨진다. 전국 곳곳에 유행병처럼 케이블카를 만들고, 흔들 다리를 놓아도 그건 더 길고, 더 흔들리는 경쟁의 끝에서 이내 재미에 익숙해져 버려 제풀에 시들해진다.

문학과 예술의 향기 가득한 장치를 해남 곳곳에 배치함으로써 해남은 비로소 더 해남 다워져야 사는 길이다.

해남은 이미 남도의 아름다운 풍광과 서정을 보여주기 위해서 자전거 길에 대한 투자를 시작했다. 신안이 '천사의 섬'이라며 온통 자전거 길로 엮어 재미를 보고 있듯이, 해남군도 11코스 480km를 촘촘히 엮어서 선보이기 시작한 것은 정말 잘한 일이다. 이제 이 멋진 남도의 자전거 길을 그냥 죽으라고 달려가기만 해서는 '국토종주 자전거 길'이나 '4대강 강둑길'을 달리고 백두대간 52개 고갯길을 완주하고 그랜드슬램을 달성했다고 만족해하는 거나 별반 다를 게 없다. 이제 그 길에 문화를 입히는 작업을 차근차근 해나가야 한다.

천 리 먼 길을 떠나온 사람들이 갈바람 소리와 바닷물 철썩거리는 해안을 지나가면서 풍광과 사색에 젖도록 만들어야 한다. 그게 도회의 강박으로부터 시달리다 잠시라도 위안을 얻고 찾아온 이들에 대한 제대로 된 대접이다.

한 가지 제안을 덧붙인다면, 자전거와 버스가 결합하는 일이다. 밑그림은 이렇다.

해남 땅은 결코 작은 덩치가 아니어서, 자전거만으로 돌아보기에는 어려움이 있다. 군내(군영)버스 앞뒤에 자전거 거치대인 랙(Rack)을 부착하는 것이다. 자신의 자전거를 분신처럼 아끼는 자전거 마니아들이 해남의 이곳저곳을 돌아보고, 힘이 들면 편한 장소에서 차 시간에 맞추어 자전거를 버스에 싣고, 해남읍이든 목적지에 갈 수 있도록 하는 파격을 한번 구상해 보기 바란다.

처음에 엄청난 반대에 부딪힐 것이다. "도대체 자전거가 몇 대나 온다고 그걸 위해 불편하게 자전거 거치대를 차에 달고 다니게 하냐?" "이거야말로 탁상행정이 아니냐?"라고 맹공을 당할지도 모른다. 특히 자전거에 대한 이해가 부족한 사람들일수록 더 앞장서 반대할 것이다.

그러나 그런 인프라를 구축해 놓고, 전국의 자전거 마니아들에게 강한 인상을 심어 주면 상황은 달라질 것이다. 행정 당국은 인내심을 가지고 일정한 예열 기간을 견뎌 주어야 한다. 더구나 군영 버스는 준공영제가 아닌가.

지자체가 지원해 주는 만큼 공공의 목적을 위하여 그만한 요구는 당연히 응해야 할 의무를 지닌다고 해야 할 것이다.

자전거 인구 천만 명 시대는 이미 넘어선 지 오래다. 4대 강을 완주하고 난 사람들이 이제 천천히 즐기면서

가는 자전거 여행 시대를 간절히 원하는 시대에 접어들었다. 자전거가 20세기 최고의 발명품이라느니 가장 친환경적 교통수단이라고 치켜세우면서도 실은 가장 푸대접한다.

그래도 택배 시대의 발달로 고속버스나, 시외버스의 화물칸은 널찍하니 비어 있는 경우가 대부분이라 장거리를 자전거로 움직이는 일은 오히려 수월한 편이다. 철도는 자전거 거치대를 장착한 열차가 있는 것도 있고, 없는 것도 있으니 예측하기 곤란해서 오히려 활용도가 떨어지는 편이다.

이러한 구상은 단순히 나 혼자 꿈꾸는 것이 아니다. 미국 철도 암트랙(Am Track)은 자전거 칸을 모든 열차에 달고 다닌다. 자전거 승객이 자전거를 가지고 내리면 좀 먼 곳으로 가는 셔틀버스에는 어김없이 자전거 랙이 달려 있어서 편하게 자신의 자전거를 지니고, 통학하거나, 여행을 할 수 있는 인프라가 30~40년 전에 이미 다 구축되어 있다.

그러고 나서 관광을 이야기하고, 매력 넘치고 머물고 싶은 해남을 이야기하면 더 설득력 있게 다가올 것이다.

울산경찰청장, 충남경찰청장 역임했다. 저서로 『빽 없는 그대에게』, 『반나절 주말여행』, 『여강의 나루터』가 있다.

인송문학촌에는 다시 떠날 길이 열려 있다

채 길 순

이곳, 9월의 아침은 먼바다에서 오고, 저녁 또한 먼바다부터 어둠에 잠겼다.

집필실에서 창을 열면 가깝고 먼바다 풍경이 한눈에 들어온다. 맑고 시원한 바다에 아침 햇살이 번쩍거리고, 때로는 안개 속으로 신비하게 몸을 감추거나, 무서운 폭풍으로 넘실대기도 한다. 바다는 시시각각 검은색과 푸른색으로 몸을 바꿨다. 그 바다 너머로 멀찌감치 나앉은 섬들이 마치 꿈에 든 듯 가물거려서, 늘 '그 섬'에 가고 싶었다.

1. '그 섬' 기행

"오늘 오후 2시, 섬에 가시게요."

박 촌장님의 카톡 문자가 떴다.

"네—"

대답 끝에 먼바다를 내다보니 저 많은 섬 중에 어떤 섬을 가는지 그것이 궁금했다. 어느 섬에 가고 싶으냐고 묻는다면 '가장 먼 섬'이라고 말하려고 준비했는데, 선착장에서 배가 뜰 때까지 동행한 작가 누구도 묻지 않았다. 비교적 가까운 섬이었는데, 막상 섬에 닿고 보니 옛적에는 초등학교까지 있었을 정도로 큰 마을이었는데, 지금은 몇 가구의 주민만 산다고 했다. 바람 부는 항구에는 폐선들과 부표들이 이리저리 몸을 뒤채고, 선착장에는 낡은 어망이 흩어져 쌓여 있었다. 선장 마을 아저씨가 우리에게 펜션 몇 곳을 보여 줬다. 큰 통유리 너머로 바다가 시원하게 내다보이는 한가롭고 낭만적인 숙소였다.

"가끔 작가들이 바람을 쐬고 싶을 때 묵을 숙소가 될 만할까요?"

박 촌장의 말을 듣고서야 '그 섬'에 온 또 다른 이유를 알았다. 입주 작가를 배려하여 숙소를 알아보신 게다. 인송문학촌 토문재는 문을 연 지 얼마 안 된 새집인데, 시설이나 숙소, 산책길을 개발하는 중이다. 이 섬 기행도 입주 작가의 산책이나 숙소 모색의 하나였던 셈이다. 입주 작가는 '섬'에서 '새로운 섬'에 머무는 셈이다.

우리는 배로 섬을 돌았는데, 섬 뒤쪽으로는 바위와 나무들이 우거져 새 풍경을 보여 주고 있었다.

2. '그 산' 기행

해 질 무렵이면 등 뒤에 산 어둠이 바다보다 더 빠르게 다가왔다. 산과 바다 두 어둠이 어우러져야 비로소 온전한 밤이다. 까만 하늘 밤무대에 달이 뜨고 별을 꽃처럼 수놓는다. 이제는 등 뒤의 산 너머가 궁금했다.

"오늘 오후 2시에 산에 가시게요."

이번에는 '그 산'이다. "산 넘어 산이 있다 해서 산 넘어 산을 찾았더니 저 먼저 가던 흰 구름이 앞서가고 뒤서고 부르네"라고 했던가. 어릴 적 노래가 먼저 머릿속에서 떠돌았다.

박 촌장이 운전하는 SUV 차가 문학촌을 등지고 왼쪽 마을길로 들어섰다. 9월의 나무와 잡초가 우거진 깊은 산길을 날렵하게 달렸다. 완만한 산을 넘고, 때로는 가파른 산길을 달려 넓은 바다가 보이는 포인트에 닿았다. 해돋이가 보기 좋은 봉우리가 나오고, 너머로 먼바다가 눈에 들어왔다.

"여기서는 일출과 일몰이 함께 장관입니다. 토문재에서 좀 멀기는 해도, 작가의 산책길로 어떻겠습니까?"

박 촌장님이 이번에는 작가들에게 새로운 산책길을 안내해 주신 것이다.

"이 정도 거리면 내일 아침에 당장 신발 조여 매고 올라올 만하지요."

3. 달마산 산책

인송문학촌 토문재를 기준으로 마을 앞을 관통하는 도로가 있고, 산 뒤쪽으로 난 도로가 있다. 이곳은 상수도 상류 지역으로, 군에서 청정지역으로 관리하는 곳이다.

차가 청정의 산골짜기를 지나, 천하를 품을 듯이 우뚝 선 달마산達摩山 어귀로 들어섰다.

우리가 그곳에 당도했을 때는 주말을 맞아 등산객이 분주하게 오갈 때였다. 차가 거의 산꼭대기까지 올라 도솔암이 손에 닿을 듯 가까이 바라보이는 곳에 머물렀다.

"자, 오늘은 등산 코스 안내로 온 것이고, 미황사로 내려갑니다."

반대쪽으로 달마산 장대한 산세를 낀 천년 고찰 미황사美黃寺가 있다. 신라 경덕왕 8년에 인도에서 경전과 불상을 싣고 온 돌배가 닿은 곳이 이곳 갈두항이다. 이때 경전과 불상을 싣고 앞서가던 소가 누운 곳에 절집 미황사를 창건했다는 설화가 담겼다.

"입주 작가의 산책이나 산행을 계획하는 것은 어떻겠습니까?"

박 촌장님은 오늘도 입주 작가 산책로를 안내한 기행이었다.

4. 옛 영화가 박제된 어장 어란

문학촌에서 먼 섬을 보면서 눈을 돌리다 보면 오른쪽으로 가물가물 해안선이 보이는데, 밤마다 환한 어항의 불빛이 이국적인 정취를 자아냈다. 저 멀리 불을 켜고 선 항구가 어란이다.

그날은 어느 작가가 팥칼국수를 쏘는 날이었다. 점심 끝에 박 촌장이 송지면 소재지를 막 벗어나 직진하여 '그 어항'으로 차를 몰았다.

어란항은 멀고 가까운 바다에서 건져 올린 각종 물고기와 젓갈이 풍부하여 성시를 이뤘던 어항이었다. 어렴풋이 옛 영화의 흔적이 잔영처럼 남아 있었지만, 빈 배만 매어 있어 자못 쓸쓸해 보였다. 마침 먼바다에서 불어오는 바람으로 배들이 몸을 비벼대며 삐걱댔다.

어란항 구역을 벗어나 해안선을 따라 가파른 자동차길이 나 있었다. 푸른 바다를 발아래 둔 정감 어린 산책로였다.

"좀 멀기는 해도 작가 산책로로 좋은 곳이네요."

이번에는 박 촌장의 물음 전에 내가 먼저 말했다.

5. 청산도 소안도를 가다

해남에서 이곳으로 오다가 인송문학촌 토문재로 올라오지 않고 내처 차를 달리면 바로 바닷가 솔밭에 캠핑장 해수욕장이 펼쳐졌고, 이곳을 더 지나면 땅끝 전망대가 있다. 전망대와 붙은 곳에 여러 섬으로 가는 여객 터미널이 있다. 오늘은 보길도 윤선도 문학촌에 들렀다가 소안도를 들어갔다가 나오는 일정이었다.

보길도는 고산 윤선도(1587~1671)가 병자호란 때

왕이 항복했다는 소식을 듣고 울분을 참지 못해 제주도로 향하다 보길도의 자연 경관에 이끌려 머물렀다. 윤선도는 13년간 머물며 「어부사시사」와 같은 빼어난 시가 문학을 일궈 냈다. 윤선도가 섬 안의 바위와 산봉우리에 붙여진 이름이 아직도 남아 있다. 낙서재 건너 개울에 연못을 파 '곡수당'을 지었고, 건너 산 중턱에 '동천석실'이라는 집을 지었다. 계곡 동북쪽에는 '세연정'을 세워 자연을 벗 삼아 책을 읽고 뱃놀이하며 노닐었다.

소안도로 가기 위해 보길도 여객선 터미널로 나왔다. 점심때가 되었지만, 소안도에 맛있는 짜장면 집이 있다고 해서 좀 참기로 했다. 소문이 아니라도 고픈 배에 짜장면은 맛있었다.

소안도는 한 섬에 근현대 저항의 역사가 점철된 곳이다. 1894년 동학농민혁명 때 동학농민군이 왕성한 활동을 벌였고, 이로 인해 많은 동학농민군이 처형됐다. 1905년 토지 반환 소송으로 본격적인 항일운동을 전개했고, 1909년 동학교도에 의해 당사도 일본 등대원 살해 사건이 벌어졌다. 이어 배달청년회 결성과 3.1운동이 전개됐다. 사람들이 소안도를 태극기의 섬이라고 부르는데, 이 섬에서 태극기는 저항의 깃발이다.

6. 해남 오일장, 세상 구경 사람 구경

오늘은 해남 장날이다. 해남장은 1, 6일, 송지장 남창장은 2, 7일에 선다. 평소에 텅 비어 보이던 읍내가 장날이면 많은 사람이 북적댄다. 땅끝 해남장은 물자가 풍성하여 어시장에는 각종 어물이 펄쩍펄쩍 뛰며, 해남의 명물로 꼽히는 농작물이 쌓였다. 가끔 장에 들러서 세상과 사람 구경하면서, 반찬거리를 사기도 했다.

7. '그곳'을 떠나며

박병두 촌장님은 늘 바쁘다. 새벽바람에 산책에 나서면 산책길에서 만나고, 우리가 글을 쓰는 동안에는 집필과 문학촌 관리에 바쁘다. 한번 왔다가 떠나는 작가들 한 사람 한 사람을 세심하게 배려하려니 늘 바쁘다.

그래서 작별 뒤에 오랫동안 '그곳'이 먹먹하게 가슴에 남아 '그곳'을 추억하게 될 것이다. 지금, '그곳'이 그립다.

1983년《충청일보》로 등단. 장편 소설『동트는 산맥』,『흰옷이야기』,『어둠의 세월』,『조캡틴정전』,『웃방데기』, 역사 기행서『새로 쓰는 동학기행1, 2, 3』이 있다.

아직도 가장 좋은 때

최정희

낡은 일기장을 뒤적거렸다. 그 속의 나는 지금의 나와 같으면서도 다르다. 아주 친했다가 소식이 끊겼던 친구를 우연히 만난 것처럼 반갑지만 한편으로는 낯설다. 그 때의 나는 어린아이들을 키우면서 하루하루를 동동거리며 살고 있었다.

〈벼루를 가져왔다. 엄마가 젊은 시절 쓰시던 무겁고 낡은 것이다. 친정에 갔다가 서예를 하겠다면서 호기롭게 맡아 온 것이다. 용무늬가 호사스러운 뚜껑을 열자 벼루 바닥에 먹 찌꺼기가 굳어 있다. 화장실에서 벅벅 그것들을 벗겨 내며 엄마가 그 벼루를 쓰시던 때를 떠올렸다.

내가 중학생이 되고 막내까지 초등학교에 들어가자

엄마는 시간의 여유가 생겼던 것 같다. 초등학교에서 학부모 대상으로 하는 강좌에서 서예를 시작하셨다. 그리고 몇 년 동안 아주 열심히 붓글씨를 쓰셨다. 학교에서 돌아오면 그윽한 묵향이 집안 가득했다. 엄마가 붓글씨를 쓰시는 모습은 보기 좋았다. 요리를 하거나 청소를 하시는 모습보다 엄마에게 어울렸다. 반듯한 글씨체가 엄마와 닮아 있었다. 엄마 옆에서 나도 엄마 흉내를 내며 먹을 갈고 붓글씨를 썼다. 그 덕분에 학교에서 상도 타고 글씨체도 좋아졌던 것 같다. 엄마는 서정주의 시 '국화 옆에서'를 써서 표구를 하셨다. 그리고 다른 분들과 함께 서예전을 열기도 하셨다.

언제부터 엄마가 붓글씨를 쓰지 않았는지 기억에 없다. 학년이 올라갈수록 나는 학교에 있는 시간이 길어졌고 친구들과 어울리는 시간이 많아졌다. 학교에서는 다른 공부에 바빠 서예는커녕 미술 시간조차 흐지부지했다.

우리 집은 늘 조용하고 평화로웠다. 평범한 회사원이신 아버지, 주부이던 엄마와 우리 삼 남매, 행복했지만 그땐 더 나은 미래를 꿈꾸었던 것 같다. 요즘 들어 엄마는 새삼스레 그때 얘기며 동네 아줌마들에 관한 말씀을 많이 하신다.

"이제 네 나이가 그때 엄마보다도 많구나."라고 한숨을 섞어 말씀하셨다. 나이가 들어 뭔가 통하게 된 맏딸이 편해서라기보다는 그 시절이 그립기 때문인 것 같다. 한참 이런저런 이야기를 하시다가 외할머니의 젊은 시절 얘기를 하게 되었다. 외할머니 연세가 올해 여든셋이시니 거의 오십 년 전의 일이다.

1950년대. 전쟁 후 그 시절 대부분이 그랬듯 가난했던 할머니는 고만고만한 여섯 아이를 키우시며 하루하루 어렵게 살고 계셨다고 한다. 그러던 어느 날, 밥상에 멀건 죽을 올리고 그것을 맛나게 먹는 아이들을 보며 다음 끼니 걱정을 하고 계셨단다. 외할머니는 그나마도 못 드시고 말이다. 마침 이웃 할머니가 오셨다가 "지금이 제일 좋은 때"라고 하셨다는 것이다. 사는 것이 힘들기만 하고 아이들이 버겁던 젊은 외할머니는 그 말이 가슴에 와닿지 않으셨다고 한다. 이 시간만 견디면 더 좋은 날이 있겠지 아이들이 잘 자라면 행복할 텐데…… 그런 희망으로 살아 낸 시절이었다고 한다. 이제 그 어린아이들은 모두 잘 자라 좋은 가정을 이루었다. 풍족해진 지금, 그 말의 의미를 아시겠노라고. 아이들 걱정, 돈 걱정, 남편 걱정이 그칠 날 없던 그 시절로 돌아가고 싶으시다고 눈물 글썽이셨다고 한다.

벼루를 닦으며 엄마에게도 그때가 가장 좋으셨을 때가 아니었을까 생각해 본다. 지금도 선명하게 기억난다. 우리 집, 초록 대문을 열면 작은 마당이 있다. 그리고 동생이 좋아하던 강아지가 꼬리를 흔든다. 몇 개의 계단을 오르고 현관문을 연다. 묵향이 풍기는 따뜻한 우리들의 공간이 있다. 다시 가 보고 싶어도 갈 수 없는 곳. 기억 속에서만 보이는 그 시절.

멀고도 짧은 시간을 뛰어넘어 할머니가 지나시고 엄마가 지나신 그 좋은 시절 가운데 지금의 내가 있다. 아이들이 싸움을 하거나 남편이 잔소리라도 하면 "내가 못 살아." 괜히 엄살을 부리지만 나도 어렴풋하게나마 그때 엄마의 심정을 느끼고 있다.

지금, 내 손길이 필요한 어린아이들의 엄마이고 건실한 남편의 아내이며 엄마의 큰딸인 내가 있는 곳. 지금 이 순간. 내 생애에서 다시 오지 못할 가장 좋은 때라는 것을.〉

누렇게 바랜 종이 위로 눈물이 한 방울 떨어졌다. 다시는 갈 수 없는 시간들에 대한 애잔함이 녹아내렸을 것이다. 외할머니는 아흔이 넘어서 조용히 세상을 뜨셨다. 이제 외할머니의 나이가 된 엄마는 매일 성당에 다니시며 충만한 노년을 보내고 계신다. 아들들은 훌쩍 커서 내 품을 떠났다. 남편과 나는 조용히 의지하며 별일 없는 일상에 안도하며 살고 있다. 누구의 삶이나 마찬가지겠지만 마냥 행복하지만은 않았다. 때로는 힘들었고 절망적인 일도 있었다.

하지만 나는 하고 싶은 일을 하나씩 쌓아 가며 천천히 내 길을 걷고 있다. 그 길은 좁고 구불구불하며 끊어질 듯 이어진다. 안온한 이 순간, 아직도 나는 가장 좋은 날을 걷고 있다. 햇빛이 눈부시다.

2005《수필춘추》 신인문학상 수상.
2016 KB창작동화제 입선.
2016 동서문학상 동화 부문 입선.
2022《문화일보》 신춘문예 동화 부문 당선.

해남 가는 길

열린시학기획시선 68

박병두 시집

"해남을 향한 서정시,
질곡의 역사를 향한 노래"

박병두 시인에게 해남 가는 길은 또 다른 '무진기행'이다. 마음이 뜨거운 시인은 수도권에 둥지를 틀고 살고 있지만 실은 늘 해남으로 가고 있다. 남도 사투리가 그의 몸을 떠나지 않고 그의 정신을 이끌고 가는 것처럼. _안도현(시인, 우석대 문예창작학과 교수)

멀리 있는 것은 다 그리움이다. 타지를 떠도는 이방인이라는 자의식 속의 시인에게 "있어야 할 자리를 너무 오래 비웠던" 그 태어난 곳과 그곳의 어머니는 그리움의 대상이자 그리움의 모태이다. 언젠가 그는 "넓은 곳의 바람과 풍랑과 세상의 풍성함에 대한 이야기를 가득 싣고" 귀향할 것이다. _이윤훈(시인)

고향을 등지고 사는 요즈음 고향인 해남을 향한 이 징한 노래인 박병두의 시세계는 이 시대에 단연 돋보일 수밖에 없다. 그는 해남으로 가면서 질박한 표현을 얻어내고 시의 본질을 충족시키고 있다. 그가 해남으로 가고 있기에 우리시의 영역은 넓어가고 잊고 있던 역사의식을 일깨워 주는 것이다. _김왕노(시인)

해남은 지식인이 스스로를 유폐하는 공간이다. 해남의 민중성과 수원의 진보성을 결합시킨 그는 다시 생명의 승화를 이루고자 해남 가는 길과 시인의 장편소설 그림자밟기 영화를 통해 박병두 시인만이 지닌 사람냄새 나는 따뜻하고 진솔한 가슴으로 독자와 만나게 될 것이다. _김준혁(경희대학교 후마니타스 칼리지 교수)

박병두

1964년 전남 해남에서 태어나 한신대학교 문예창작학과를 졸업하고, 아주대학교대학원 국어국문학과를 나와 원광대학교에서 박사학위를 받았다.
1985년 TV 방송 드라마 대본을 쓰면서 창작 활동을 시작했으며, 1992년 《월간문학》과 《현대시학》에 작품을 발표하면서 본격적인 작품활동을 시작했다.
현재 한국시학과 현대시학회에서 창작활동을 하며, 오피니언 칼럼을 쓰고 있다. 장편소설 『그림자밟기』 시나리오를 탈고하고, 영화촬영을 준비하고 있다.

해남
땅끝에
가고 싶다
임철우 외 지음
우리 시대
문화예술인들과
함께하는
해남문화예술여행
일상이상

송종리 마을 사람들

초판 1쇄 발행 2022년 12월 30일

지은이 송종리 문학마을 최정수 외
인송문학촌 토문재

펴낸이 이재무
기획위원 김춘식, 유성호, 이형권, 임지연, 홍용희
책임편집 박예솔
디자인 이라희

펴낸곳 (주)천년의시작
등록번호 제301—2012—033호
등록일자 2006년 1월 10일
주소 (03132) 서울시 종로구 삼일대로32길 36 운현신화타워 502호
전화 02—723—8668
팩스 02—723—8630
홈페이지 www.poempoem.com
이메일 poemsijak@hanmail.net

ISBN 978-89-6021-693-8 03810
값 16,000원